師範散文選

師範 著

師範散文選／目次

壹、思想散步

貳、夜讀雜記 85

道德標準——當心捨本逐末

在日常生活中最重要的事情，似乎不是填飽肚子，而是如何遵守習俗，以免身無立足之地。因為在現代生活中，定居才是人們所需要的生活方式，如果他的言行舉止不適合這個社會的習俗，他便馬上不容於這個社會。吉普賽人之四處流浪，與其說是天性，毋寧說是無奈。以色列在耶路撒冷建國以前，猶太人之沒有國家的痛苦，連不是猶太人的我們都可設想出來。

遵守習俗，實際上就是遵守一個已有的道德標準。而道德標準，不像大專聯考錄取標準之容易決定，一張解析幾何的試卷包括十個題目，如果做對了一半，就是五十分，六題就及格，清清楚楚，絕沒有兩可之間的問題發生，因為這是科學，而且是數理科學。但是道德的標準就不一樣，它是隨時隨地隨人甚至隨一個突然或莫明其妙的原因而變化的東西。今天尚不合習俗的言行舉止，到明天就完全符合，昨天的反不合了。在甲地符合習俗的，在乙地可能完全相反。中國自古傳統死亡服白，但西洋人結婚用全白衣服。我們認為對老年人謙恭有禮為尊敬，愛斯基摩人卻認為殺了老人才是尊敬他們。以一個實例來說，韓戰初期美軍第十三師師長狄恩少將被北韓俘虜，以後在換俘時狄恩被釋，回到美國時受到英雄式的歡迎，盛況空前。但在中國戰爭中，司令官被敵軍俘虜，他沒自殺以謝國家，是一個軍人的奇恥大辱，也是一個中國人共同人格上的極大污點。東西方觀念上的差異，是我們對道德標準看法的不同所致，不能以同一支尺來衡量其是否合乎標準，相反的，該問問我們手裡的尺是否合乎這個社會的標準。

關於這點，社會學家們稱之為社會制度的不同。在我看來，毋寧說是人們教育程度之是否夠深。如果一個人能懂得某一件事上各種社會不同的習俗而入境隨俗，他便可以與這個社會平安相處。從另一方面看，如果他懂得一切的習俗，但有其本身所信奉的某一種習俗時，他雖不與此一社會有相同的習俗，也可以在心理上非常寧靜而沒有不安之感。因為實際上道德原是一種沒有固定標準的意識作用，如何了解，並把握其所以要遵守某一件事情上之所設道德的標準的原因，才是真正找到了道德的標準。

——一九五八年四月廿一日，台糖雜誌二十卷十二期副刊

緣份——偶然加偶然

「今得識荊，實屬三生有幸。」

任何一本中國的舊小說裡幾乎都可以看到這樣的話；在平劇裡更是司空見慣。這句話的背後，很明顯的是一個「緣」字。

東西方人民在生活觀念上有很多不同的地方，但在這一點上似乎更顯著。說簡單一點，「緣份」這種觀念或思想是東方人所特有的，甚或是中國所獨具的。我們並沒有聽到西方人提到過「緣份」這個形而上的東西過。在英文裡，我尚未發現有任何字的意義能適合於解釋「緣份」，甚至根本沒這回事。從古希臘的奧德賽，經過莎士比亞的王子復仇記直到現代西洋文學，亦僅是命運悲劇，性格悲劇，以及環境悲劇的演變，而從無「緣份」的說法。但中國人卻不同。當我們認識一個人而沒能有一個圓滿的收場時，我們說這是緣份。或有一個圓滿的收場時，我們也說這是緣份。緣，代表了中國式的人與人之間關係的唯一解釋。

在我看來，緣份這一種說法，容或尚未有足夠科學的證據說明其存在的必然性，但其存在是一個事實，當不妨用實證哲學的態度去對待這種思維，何況人文社會科學已經成立的，而仍不能用自然科學的法則去解釋的例子已經很多。就事實上來說，中國人生活哲學中有這一點提示，對整個的民族精神有極大的影響。我們的容忍、仁愛、和平，以及不以怨報怨等等美德，緣份的觀念當是一個原動力。我們的事業、家庭、婚姻以及種種發展是否順利與有希望，緣份更是一個極重要的因素，超乎一切因素之上。在我看來，我們人與人之間，有的人們有終生之緣（如夫婦），有的人們有一面之緣（以後永不再見），或有一段時間見面，認識，相處，然後分別而永不再見；或者分別以後的重逢，以及其他種種形形色色的相識（acquaintanceship）若不是「緣份」，誰能解釋這是為什麼？

但緣份是一種偶然，在某一特定情況下（時間、地點、人等等）的特定產物，非常難逢，如同機會一樣。一個人如何把握這種偶然，是極微妙的處世藝術。因為偶然加偶然常常成為喜劇，而必然加必然則常常變成悲劇。所以如何使你的偶然不變成必然，則沒有別人能代你設計或執行。而把握緣份，就好像吃飯一樣，只有你自己知道你的肚子是否餓了，該吃多少，或者等一下才吃，這全是要自己決定的事情。

——一九五八年五月一日，台糖雜誌二十卷十三期副刊

有恆——就一定會成功嗎？

幾乎自古以來這就是我們的座右銘，不論是生活也好，工作也好，那似乎是對一切事情的良方，因為從未有人提出過任何懷疑。

張良橋畔恭候天書，劉備三顧茅蘆，出之於誠於忍，其原動力就是恆心：這是政治上的。戀愛之成就，常喻之為有恆的結果——鍥而不捨：這是婚姻上的。其他事業上，經濟上，教育上，把「有恆為成功之本」這句話用上去，似乎也沒有毛病。

西方有一個芭蕾舞劇叫「愛婷」，則把恆心這個字發揮得更透澈。劇中說一個人愛上了一個叫愛婷的水妖，發誓感情至死不渝。正在熱戀的時候，愛婷被一個女魔攝走，然後這女魔來勾搭男主角，告訴他如與女魔結婚，可享盡一切榮華富貴。男主角糊裡糊塗，放棄了初衷，願與女魔結婚。但在結婚前愛婷出現，男主角舊情復燃，要求愛婷重溫舊夢，愛婷心裡亦有此意，但警告他說不可接觸她，如不聽她話，則將立刻死亡。男主角情不自禁吻了愛婷，結果真的立刻死亡，而結束了這個悲劇。這寓言式的故事實際是為游泳作最好的解釋。一個人如不會游泳而喜歡游泳，則他必需學習游泳，並且不斷地去學以至於成功。愛婷代表了水及其性質。如半途而廢，而再想「接觸」，則定會淹死。這是需要有恆的又一例證。

但是不是有恆能適用於各方面，而一定成功呢？我的回答是否定的。你能不能緊隨不捨於追求長生不老而就可以永遠活下去呢？你是不是能坐在子午線上而永無時間過去呢？在沒有飯吃的時候，你是不是因堅持不怕而肚子就不餓呢？

所以有恆之對於成功，是有條件的。有的時候必需受自然律的限制，有的時候須受邏輯的限制，有的時候受生理、心理的限制，也有時受環境的限制。有恆，必須在某種條件下才能培養成功。它是一種肥料，但不是任何肥料都能適應任何田地的。

因此在我看來，在某些情況下，是不必堅持「持之以恆」的觀念的，而且也不能堅持。如果在不適合的條件下堅持，恆心必然無用，代之以有恆的，是錯誤的定必發生，甚至會闖下大禍。希特勒之崛起與覆亡，當已是夠明顯的例子。

一定要事事堅持嗎？那麼當眼看水淹到你的脖子時，你仍堅守你的葡萄園吧。

——一九五八年五月十一日，台糖雜誌二十卷十四期副刊

生活態度與葡萄的吃法

在實際日常生活中，生活態度是介乎思想與方式中間的一種東西，也可以說是生活哲學。有了思想，就有態度的表現，而生活方式又由態度而決定。

「人心不同，各如其面」。我們看見過很多「極相像」的人，卻從未發現過一個真正完全一樣的人，外表如此，內心更如此。但在生活態度上，因為尚未具體化（現之於方式），所以只有類型，而沒有個案。

讓我把抽象的公式代入實際來看看。

以吃葡萄為例。

假定：從葡萄藤上採下的葡萄一串。

一、因為是一串，其中有大有小，有熟透了的，及尚未完全熟透的。

二、吃葡萄的人只有一個，無人搶吃。

求證：他吃的時候，先吃大而熟的，還是先吃小而不太熟的？還是另有吃法？

證明：沒有確定的結論，要看此人的生活態度而定。

這很顯然的有幾種答案。第一種是：先吃最大最好的，然後一顆顆依次吃下去。這樣，在他吃每一顆葡萄的時候都是剩下來裡面的最好的—享受主義者。管他，今日有酒今朝醉。尤其是核子時代的今天，明天確是一不確定的日子。

第二種是：從最小最壞的先吃起，越吃越好，最後享受最甜美的成果，有時甚至捨不得吃最好的，寧可看着它，甚至慢慢腐爛而無用（這是前一種人攻擊第二種人最好的譏諷口實）——競競業業，埋首孜孜不倦於事業前途的便是這一種人。最後，常轉變為守財奴，半夜拿出銀元來叮叮噹噹聽一聽它的聲音，樂在其中。別人雖不一定覺得這是人生樂趣，但這又何妨？只要自己主觀上快樂就行了。

也有第三種：隨意拿到那顆就吃（Random picking）——根本上沒把這個世界及自己看成什麼了不起。沒有我，這個世界還不是一樣轉，其他的人還是一樣活。

也許還有第四、第五種人。譬如說葡萄酸哪，或者說人多就斯文點挑小的吃，或者也有人反其道而行之，人多時搶大的吃。那都是條件反應（Conditional reflexion）下的產物，又等而下之，不足為論。

一個人到底是那一種生活態度去處世，或是他該用那一種態度去生活處世，是一種藝術—生活的藝術。而生活的藝術從何而來？如何才最有價值？都要看他所受的教育，包括成文的教育（學院式的教育）不成文的生活教育（經驗），以及他自己的悟性（Reasoning ability）而定。

——一九五八年五月廿一日，台糖雜誌二十卷十五期副刊

時機——稍縱即逝

「當有髮的頭伸出來時你如不抓，等一下她要伸出一個禿頭來。」

巴爾幹民謠

我們去商店裡買東西時，你會嫌第一家的東西既貴又不好。但你發覺第二家更貴，東西反更壞。於是你回頭再走進第一家。最普通的是那第一家決不再減價。（這種減價本有可能，如果你第一次走進來就願意買它，而予以討價還價的話。）更壞的是，在某種情形之下你走回第一家時，它已漲了價，任你怎麼理論也不理你的爭辯。

有一個笑話更說得好。通貨急遽膨脹時帶了一疊鈔票去購物。等走完一條街問完了價格，來來回回漲價後，結果東西沒買成不必說，連回去的車資都不夠了——雖然還是原本一疊鈔票，但時間取走了所值。

事情往往就是這樣。

時機，是稍縱即逝的。購物的選擇是如此，其他一切的一切莫不如是。

爭取好的時機是這樣，逃避壞的時機也一樣。古諺說的好：「走得快追上，走得慢等上，不快不慢呢，壞運正是這正常速度進行。」

這樣，如何把握時機，或是把握時機去避免厄運，是一種生活的藝術。它有時候需要當機立斷，有時候必須稍微等等，也有時候必須耐心長久等待——當然不是守株待兔式的等待。希臘哲人達萊斯（Thles）對別人問他婚姻時間的決定時笑着說：「年輕人不妨再等等，老年人可千萬不要存這念頭。」第一次市上出現自動煮飯電鍋的時候，你當可以確信以後會不斷的有更好更實用的型式出現，因為那是一種文化的累積：一經遺存，不會立刻消失於使用價值未定以前。但在價格方面，固然一般情形以後愈賣愈便宜，但如果這首批的電鍋因為要推廣的緣故而不計成本推廣時，以後在相當時期內必然不但不會便宜，反而會更貴。這時你就必須當機立斷，如果你認為必須買一只的話。

而你生命的時機也是稍縱即逝的。抓住自己生命時機的人，一輩子過的是有意義的生活——所謂有意義，是與社會價值相對的一種聯合因素，而不是單獨的自以為是。要是沒能把握呢？於是社會上又多一個自艾自怨，或是憤世嫉俗的人。

所以拿定主意吧。「花開堪折直須折，莫待無花空折技！」

——一九五八年六月一日，台糖雜誌二十卷十六期副刊

諷刺——罵人不帶髒字

我說「緣份」的觀念是東方人甚至是中國人特有的文化產物，但東西方人民共有的思維或觀念亦復不少，諷刺便是一個非常顯著的例子。

謝謝老天！人們可以藉諷刺的運用來表達個人對個人的，國家與國家間的喜嫌。「君子絕交，不出惡聲。」，諷刺更進一步的做到了出聲而不惡的地步，雖然諷刺的運用自古以來就有，但似乎從沒有較對現代人類實際生活的貢獻更為重大。

有人寫了一本「胡適與國運」的小冊子，對胡適博士有所批評。一個新聞記者在胡適回國下機時問他說，胡先生有沒有見到這本書？有何感想？胡適的回答是：他沒看過，根本不認識寫這本書的人。這種諷刺的藝術可說已到爐火純青的地步，因為稍識之無的人，都可以從一句看似非常平淡的話的背後，體味出一個人卑夷不值對方之所為到極點，而沒用一個髒字—他連對方的名字也懶得提。

英國作家喬治·奧維爾（George Orwell）在一九四九年寫了一本名叫「一九八四年」的非

常有名的小說，以諷刺的口吻預言人類到一九八四年，世界僅分成大陸國，海洋國及印度國三國。其中大陸國內閣僅有三個部，一個部叫和平部，專事侵略作戰；一個叫真理部，專事製造謊言，欺騙被統治者；一個叫自由部，專門奴役人民。它的政府建築上有三行觸目驚心的大字標語，上面寫著：

「戰爭就是和平」

「謊言就是真理」

「奴役就是自由」

這種露骨的諷刺使極權主義者當然受不了，但也無可奈何。前年赫魯雪夫訪英，據說當英國首相麥克米倫的面就忍不住咆哮了，說：「像這樣的書英國居然容許出版，實在是英國的恥辱。」麥克米倫說：「我看不出英國被這本書受了什麼樣的恥辱。但我知道對你的意義不同，你可以在蘇俄禁止閱讀。」

這種口頭的或是書面的諷刺，經由現代交通工具—電訊的傳播，已變成人與人之間瞭解、團結、或是覺悟今是昨非的偉大工具。它是幽默的一種，但在被諷刺的一方實在沒有一點幽默感。當人們受到十分有力而無法辯解的諷刺時，他們多半會恨之入骨。但在我看來，如果他們能暫時忘了憤恨而想到應如何健全自己不再授人以柄時，也許不久他自己就能握有那有力的武器了。

——一九五八年六月十一日，台糖雜誌二十卷十七期副刊

——以上各篇選自師範散文集「思想散步」，二〇〇四年八月文藝生活書房出版

貳、夜讀雜記

願見經濟衰退

正當世界上絕大多數的人在憂懼經濟恐慌再度來臨之時，有些人卻在有意無意中盼望這一衰退的「好戲」。

時代週刊報導，在訪問了一些人對經濟衰退的看法以後，發現下面這些人願見經濟衰退來臨。某些身無長物的人，對富有與過舒服日子的人一向懷有敵意，這是他們報復的好機會。他們說：「讓他們感覺感覺我們所一向感受的滋味也好。」另外一些曾經三十年代經濟恐慌的人，認為經濟衰退的來臨對他們的子女有好處。因為他們一向倚賴上一代的餘蔭，不知天高地厚，否定工作的價值。這些年輕人滿腦子都是做一個音樂家的前途，遠比一個像會計員那樣牢靠的職業要好上千倍。另外的一些人說，上一代的人受了折磨而堅強起來，但是年輕的一代現在得到的東西太容易了，這正是磨鍊他們的好機會。

心理學家認為願見經濟衰退來臨的人，有幾種心理。一種是幸災樂禍。一種是「脅迫的重現」，因為有些人在三十年代的經濟大恐慌後，從未復原，他們寧可再來一次，也不過如此。

——一九七五年二月一日，台糖雜誌五六卷四期副刊

言教不如身教

繼嬉皮以後，最大的社會問題可能是方興未艾的青少年犯罪之急遽增加。尤其嚴重的是，少女犯罪率的劇增，包括酗酒、大麻煙、性放縱、以及流為少女娼妓。美聯社報導，芝加哥在抓到的幾個違警的阻街女郎中，發現三個是少女，她們的的年齡分別是十五、十四、以及十三。

此外少女的酗酒也愈來愈多。一項政府的研究報告顯示，據全國公路交通安全管理局對酗酒的肇事少女所作調查結果，其中有半數以上的中學生說，她們每月至少有一次喝酒的聚會，其中有百分之六十一每次都酩酊大醉。調查報告指出，在所有十四歲至十八歲的中學生中，甚至每星期就喝一次，有百分之二十六至少兩星期喝一次，其中有百分之三十九的人是喝了一杯到三杯就醉了，百分之二十九的人喝了四杯至八杯會醉，百分之十四的人，要喝到九杯以上才醉。

喝酒的原因是：看到大人在喝。

——一九七五年二月一日，台糖雜誌五六卷四期副刊

控制飼養寵物

在世界性的糧身缺乏，全球已有數以百萬計的人餓死或饑饉聲中，美國人飼養寵物所消耗的糧食極為驚人。由於此種消費不但是非生產性的（Non-productive），而且寵物之生育率極高，如任其發展，在不久的將來必將成為人類的災難。時代雜誌早在幾個月以前就提出了報導示警，現在終於有人採取行動了。

美聯社說，洛杉磯市市政當局及民間團體已發起一項運動，告訴市民們應使其所飼養寵物的生育率予以控制，以達到零成長為目標。所謂零成長，就是死亡率與生育率相等，也就是說，一對異性的寵物，只能生育兩隻。

可是洛杉磯市的市長布萊德雷說，要達到零成長，市民們可要非常認真的去做。他說，市府每年大約花費二百二十萬美元於寵物節育，而收容所裏每年也撲殺約九萬頭的無主寵物，可是按照目前的情況來說，全國平均每一個人仍然擁有六隻寵物。

——一九七五年二月一日，台糖雜誌五六卷四期副刊

雪人足跡再現

喜馬拉雅山有雪人居住的謎，最近再度傳出了消息。

一個波蘭探險隊的隊長，在加德滿都告訴新聞界，他已經拍下了雪人足印的照片。

據報導，薩瓦達領導一個十六個人組成的探險隊，曾在上年十一月試圖攀登二萬八千零五十三呎的埃弗勒斯峯的姊妹峰洛茲峯（Lhotse）而未成功。但是在埃弗勒斯峯的山腳，發現了雪人的足印。

「我以前從不相信有雪人，但是現在確信有一種尚未為人類知道的，神秘而唯一的動物存在。」他說：「嚮導告訴我，這就是雪人的足印。我爬山已有二十五年的經驗，曾經看過許多熊的足印，但是這些足印確是奇怪，使我不得不相信。」

這個曾攀登喜馬拉雅山二萬七千餘呎高峯的隊長說，這些足印有十四英吋長，據推測這種生物的行動不能與任何已知的動物相比。這些足跡綿延了約有一千二百公尺長，它的身軀定必相當沉重，因為足跡崁入雪地極深。

他相信專家們當可有助於解開此一謎團。因為他已拍下了那些足印的照片，那可能是世界上第一組雪人足印的照片。

——一九七五年二月十一日，台糖雜誌五六卷五期副刊

美國最暢銷書

一九七四年美國最暢銷書，合眾國際社已分按小說與非小說類分別選出其前十名。小說類以大白鯊（The Jaws）為首，非小說類則「生還」（Alive）獨佔鰲頭。這本書國內讀者可能已有概念。原著是一個祕魯人，敘述一架飛機在冰天雪地的山谷中失事後乘客求生的經歷。其中最令人印象深刻的，是描敘因為沒有食物而吃死了的同伴的經驗。時代雜誌曾以這一點向作者訪問他們吃「死人肉」的感想。他說：「我一點沒有罪惡感。那是在一種極虔誠的宗教信仰下所做的事。我相信那些已逝的同伴會告訴上帝，我們都是他的子民。」

——一九七五年二月十一日，台糖雜誌五六卷五期副刊

新聞競爭與原則

白宮新聞秘書奈遜宣佈，停止華盛頓明星報二月四日採訪白宮新聞的權利一天，包括不給該報以總統的經濟國情報告，不准該報記者參加經濟顧問委員會主席史賓在白宮為該報告所作的簡報，也不准該報的記者在當天總統於亞特蘭大舉行的記者招待會上發問。

白宮原先要對某些電傳機構包括幾家通訊社與一家電視廣播系統併予處罰，經過考慮後予以擱置。

華盛頓明星報被罰的原因是，違令提早發表白宮新聞。

在今年一月卅一日，白宮向各傳播機構分發了業已印就準備於二月三日向國會提出的總統一九七六年度預算咨文，並且說明其發佈新聞的時間不得早於二月三日中午十二時，亦即當天總統向國會報告完畢之時。但是明星報在該日上午十時的那版上就登了出來。事後據該報的編輯說，因為當天以後各次版的版面都已排好，如予延後，則將影響到當天以後各版的全部重排，處理困難。

記者們的消息都很快。在該報付印後尚未出版前有些同業已知道了明星報的做法。於是美聯社在跟合眾國際社商量了以後，決定一俟該報在街頭出現，就拍發新聞。路透社和道瓊社跟進。美國國家廣播公司也依樣畫葫蘆。通常電訊傳播機構的傳統是，凡已經違令出現的消息，它們就立即報導。

奈遜說，違令搶發新聞對其他守約的同業既不公平，也使白宮困惑於到底應由傳播機構同時發佈好呢，還是先交廣播電視報導好。如果這樣，結果大家都受損失。而且，這樣做法，使一般人認為總統不尊重國會。

——一九七五年二月廿一日，台糖雜誌五六卷六期副刊

節約能源增加生產

意大利人對能源危機中節省用電的情形怎樣？顯然的是增加了嬰孩的出生率。根據去年九月的記錄，也就是在政府公佈電影院及電視台提早打烊與播視以後整整九個月間，嬰兒出生率較前年同期增加了五千餘人。

出生率增加得最多的是較為偏遠而貧窮的西西里與沙地亞兩島，而生活水準較高，瞭解墮胎的繁榮的北部地區則增加得很少。

政府為了減少進口油料，規定到今年春季以前，電視台在晚間十點半以前，電影院在十一點以前必須停播或打烊。

——一九七五年二月廿一日，台糖雜誌五六卷六期副刊

「功夫」禍延稚童

倫敦東郊一所幼稚園的園長，已向所有園兒的家長發出通函，要求家長們合作，不再讓這些幼兒看有關功夫的電視，因為已有好幾個小朋友在園裏因為「比劃」而受傷。

福樂斯女士說，園裏三百五十個孩子們的年齡都在五歲到七歲之間。他們一到操場，就相互「比劃」而把對方拳打腳踢。其他的幼稚園情形也差不多。他認為如不趕快想辦法，更多的孩子們將受重傷。很多家長們已回答說，他們支持這個想法。

功夫這種中國的自衛藝術，自從已故的李小龍拳腳片進入英國電視以後，已蔚成歪風。有一本功夫月刊在發行四期以後，銷路已上升到二十萬份，比以往的柔道熱尤甚。美國拍的由卡拉定主演的功夫電視影集，在每週六黃金時間放映，估計僅在倫敦一地即有三百萬觀眾。

據在英國首倡傳授功夫的麥加錫表示，他希望能有效管理功夫的傳授，可能對道館以發給許可證為手段。他認為有很多人因為好奇，常被似是而非的道館所欺騙。據他所知，有的傢伙只教人向眼睛上打兩拳，自褲襠下踢一腳，就算一課，收費一英鎊。

——一九七五年二月廿一日，台糖雜誌五六卷六期副刊

心理治療與社會責任

美國加州高等法院陪審團最近以五比二創下了一項判例：心理治療醫生如有理由認定患者可能對某人有傷害企圖時，應即通知此可能之受害者本人、親友、或當局。法律界及心理治療醫學界對此一判決，意見紛紜。

這項判決源自一九六九年的一起謀殺案。當時加州大學有一名廿六歲的男生，在該校醫院接受心理治療時，曾說他企圖殺死二十歲的他以前的女友。當時他曾被校警作短暫的拘留，但是因為沒有足夠的理由，所以兩小時以後即被釋放，醫院當局並下令對該生不採取任何進一步的行動。但是兩個月以後，他刺殺了他的女友。

被害人的家屬對校方提出控告，要求三個精神治療醫生賠償二十萬美元，理由是未將該生當時的威脅對他們提出警告。地方法院認為理由不成立，但是州高等法院發還更審。理由是：當患者與精神治療醫生間之「機密」可能引發暴力攻擊時，必須將此項「機密」向有關人等提出警告，以資防阻。

時代雜誌說，許多人認為有此必要。但是有些人，特別是心理治療醫生認為這樣做，使那些有犯罪傾向的人不來接受心理治療了，而增加對社會的威脅。另外有人認為這樣做的話，也可能導致那些可能的受害人，認為有權先去殺害那些可能的兇手，以資自衛。有一個法官也認為此一決定將使心理治療的效果大打折扣。

不過律師們比較樂觀。他們認為心理治療醫生們可不必躭憂。因為有犯罪意圖的人，根本不會去看法院的判決。

——一九七五年三月一日，台糖雜誌五六卷七期副刊

第三百六十一行

去年還是好玩的鬧劇，今年變成賺錢的新行業。

現在你可以在西雅圖租到一個裸奔者。價格是每十分鐘收費四十美元。

據這個「服務」中心的一位負責的女士說，她每天平均接到兩個要租的電話。大多數人不過抱着好奇的心理來問問，但是四個電話之中有一個人確是正經的要租，多半是要為其所舉行的宴會增色。

他說她這一行從未碰上麻煩。一則因為其顧客都經過審查，同時裸奔者進去後，人們都被此舉所驚動而讓避出一條路，而可立即離去。

——一九七五年三月十一日，台糖雜誌五六卷八期副刊

日本人的誠實度

高度開發國家，教育水準較高。人民的道德觀要高尚點吧？有多少人拾金不昧？

共同社報導日本的閒暇發展中心最近對二千二百個人所作抽樣調查的結果，顯示城市與鄉村的居民的看法並沒有什麼特別不同之處。

百分之五十的人認為，如果他們撿到一張萬元大鈔（折合美金三三三元），不會送去警察局招領。被調查的東京市區居民中，有百分之四十一的人認為坐地下鐵霸王車不算一回事。郊區的人民中有百分之三十也覺得不買票沒什麼了不起。

願意過坐享其成生活的人也不在少數。男人中有百分之四十一，女人中有百分之四十六希望靠利息與紅利收入過活，百分之三十二的人希望不要工作就能過日子。

幾年前曾有一個日本青年搶走了用以發薪水的約合一百萬美元的日幣，是日本犯罪史上絕無僅有的一次大劫案，迄今仍逍遙法外。有百分之四十六的人認為這件事滿不錯。對年輕人而言，工作兩字很討厭。百分之十一的人喜歡過嬉皮生活，也願意坐在家裏看電視，跟朋友聊天來打發閒暇。

有百分之卅一的人願意「樂捐」給大學，只要他們的子弟能保證錄取。

——一九七五年三月一日，台糖雜誌五六卷八期副刊

第五福音之說

聖經學者通常都比較謹慎從事。當他們提出一項結論的時候，是經過許多年的研究與思考後的結晶。但是當法國的學者蘇萊斯（De Suares）讀了聖湯瑪斯（St. Thomas）的福音以後，就立即覺得已不期而遇的發現了這個世界上最重大的事件，認為湯瑪斯的手稿，是「第五福音」，也可能是目前新約全書中四福音書的來源，而且可能是東方與西方哲學之間的聯續點。

第五福音之說早為聖經學界所感到迷幻莫測。湯瑪斯的手稿係於一九四五年在埃及的一個古墓中發現。按湯瑪斯係耶穌的門徒之一，（中文聖經中譯為多馬）被稱為懷疑的湯瑪斯（Doubting Thomas），因為他不相信耶穌復活的事，直到他摸到了耶穌的手與腳上被釘在十字架上的創痕後才相信（見約翰福音）。

蘇萊斯已在法國中部設立了一個研究所，印行湯瑪斯福音與其他兩種研究書籍，與其信徒研究宣揚。他本人出身於有名的香檳家庭，但在學術界並無特出的名氣。早年在商業學校畢業後進入一家公司服務，一九六三年辭職，以「拓墾其秘密的花園」。他一向對神秘的事物與東方的宗教具有濃厚的興趣，曾在日本對禪宗有相當的研究，並涉及神秘主義。蘇萊斯認為，就湯瑪斯福音而言，耶穌是一個具有靈性的佈道家，較近似於禪宗的神秘，尤甚於上帝的兒子與猶太基督的救世主。

蘇萊斯的這種理論，使很多法國人感到興奮。但是法國最大出版公司之一的伽利瑪公司，卻拒絕出版蘇萊斯同僚吉拉勃的有關湯瑪斯的著作，因為發現作者學術根基不深而不可信賴。大西洋彼岸美國的聖經學者們對湯瑪斯福音完成於四福音（按指馬太、馬可、路加、與約翰四福音）之前一說也加以嘲弄。芝加哥大學神學教授格蘭特說：「這完全是胡扯，你無法證明其真實性。」

儘管如此，耶路撒冷聖經學院在一九五九年出版的「湯瑪斯福音」首譯本及一九六五年出版的「對湯瑪斯福音的研究」兩書，卻對蘇萊斯的理論提供了某種程度的支持，認為新約全書中的各篇福音，可能是根據湯瑪斯手本而寫的。不過蘇萊斯對湯瑪斯手本的主要論點，還是在與傳統的苦心安排勸人為善的福音相較，湯本遠為簡易平實，其全部詞彙不超過八百字。在手法方面，湯本敘述聖蹟時不斷以寓言比喻，絕少主觀的批評，而傳統的福音則運用寓言來加強證明即將來到的事情，而指出信主的重要。舉例而言，關於網魚的一段故事，在湯本中說，「……打上一網魚來，把所有的小魚都丟回海裏，而毫無困難的選留了大魚。」「你們有耳朵的人要記得，要記得！……」但是馬太福音中的說法就不一樣，不是大魚與小魚之分，而是好魚與壞魚。馬太福音說：「……揀好的收在器具裏，將不好的丟棄了。」然後虔敬的結論說：「世界的末了，也要這樣，天使要出來，從義人中，把惡人分別出來……」（馬太福十三章四八節至四十九節）

蘇萊斯結論說，如果要他用一句話來解釋湯瑪斯福音，他認為現有聖經中的基督服膺信仰，而湯瑪斯所認識的耶穌訴諸智識。

——一九七五年三月廿一日，台糖雜誌五六卷九期副刊

附記：本文發表於一九七五年三月，近見二〇〇三年十二月廿二日聯合報副刊刊載楊照先生「失落的第五福音書」一文，類多此一思考。兩文相隔幾近三十年，而討論不斷、歷久彌新，足證此一文件多年來所引發宗教及學術界重視之一斑。

寧非緣木求魚

美國的眾議院正在研究娼妓合法化的立法。擬議中的合法娼妓，將須發執照。合眾國際社報導，其中規定申請者獲得執照的資格，必須具有品性良好的可靠證明。

——一九七五年三月廿一日，台糖雜誌五六卷九期副刊

比薩斜塔難於挽救

挽救比薩斜塔使其免於倒塌的計劃，看來很難找到可行的辦法。意大利公共工程部宣佈，經過兩年之久向世界各地長期徵求挽救此一名塔的努力，迄今仍無頭緒。

遠自歐、亞、美三洲的建築師與工程師們所提供的十四個方案，經過專家委員會審查的結果，無一合乎挽救的原則。原先訂定的原則是：第一，不能用矯正的辦法使其向直立的方向拉過去，也就是說，要保持現有的傾斜度；第二，任何方法的使用，不能在外表上留下看得出來的痕跡諸如支撐等等的方式，並且不能使此一奇蹟廣場上再出現任何別的支架。

專家委員會說，這些分別來自日本、墨西哥、英國、法國、荷蘭、比利時、瑞典，與意大利本土的方案，構想都不錯，但是無一完全合用。也許將要擷取所有這些設計的優點，另創新的設計。

按比薩斜塔之成為也界上家喻戶曉的名勝，是在伽利略從這個塔上丟下兩個重量不同的球，但是同時着地，因而證明了萬有引力並公諸教科書上以後。該塔興建於公元一三五〇年，塔高一七九呎，重達一四、〇〇〇噸，建造完成後一七八年，已發現其向旁傾斜至離中心點達四．四公尺。目前已至十七英尺，並且繼續以每年千分之一公尺的速度傾斜下去。最近比薩有過一次相當程度的地震，當時斜塔看來岌岌可危，但是終於安全渡過傾倒的危機，有人甚至說它的傾斜度反而已回去了一點。

意大利政府的行動似乎有點牛步化。在國會通過挽救此塔的四年後，公共工程部才在一九七二年公佈挽救的原則，現在又花了兩年的時間徵求了無一合用的設計。好在比薩斜塔傾斜的程度目前似乎也已經慢化，慢慢找辦法也許沒有關係。

——一九七五年四月一日，台糖雜誌五六卷十期副刊

（按直到二〇〇〇年時的措施，仍是不合原訂原則的第一項方法。）

慶祝仰係報復

中國人出獄後要理髮淨身，外國人碰上死裏逃生後用什麼方式表示？也許最好就地取材。

二月中旬阿根庭工業城柯多巴以北八十七英里的德利柯小鎮附近，一列火車因為想避免碰死在軌道上停留的一頭母牛，就來了個緊急剎車，而使此列掛有四節車廂的火車出軌傾覆，幸好並無重大的傷亡。

七百名乘客爬出倒在一起的車廂，屠宰了這條牛，架起柴火就烤將起來，在此風和日麗，暖和的阿根庭鄉村，來個牛排野餐，大快朵頤。

警察與鐵道修護人員趕到時，發現除了骨頭與一張牛皮以外，已點滴不剩。

——一九七五年四月一日，台糖雜誌五六卷十期副刊

既要裏子也要面子

美國人已開始節約了。大至原來三年換新車的習慣改為四年換新，連在餐館吃剩的東西也要帶回去了。

由於物價高漲，荷包緊縮，許多顧客跟侍者要塑膠袋，說拿回家給狗吃，把吃賸的東西包了回去。

新澤西州一家餐館的經理凱勒說：「我不相信他們是拿給狗吃。我想他們要把這些東西當作明天的午餐。當然，他們拿回去並沒有什麼不應該。」

凱勒說向他要「狗」食袋的人愈來愈多，以往很難得有個把人向他要，現在已佔了食客的一半。

——一九七五年四月一日，台糖雜誌五六卷十期副刊

艾德林事件與墮胎問題

「我們毋須對生命何時開始這個困難的問題作成結論。既然醫學、哲學、及神學方面的專家們對此問題尚不能覓得一致的看法，司法機關自無立場作任何臆測的答案。」

儘管美國最高法院在一九七三年一月廿二日由七位法官以多數票決釋示墮胎是否謀殺的判例，可是波士頓刑事法院的陪審團，仍不顧最高法院的釋示而認定艾德林醫生犯了謀殺罪，理由是艾德林的墮胎手術，事實上墮的是一個活的生命。而法院的法官卻為艾德林作了若干程度的開脫，說「一個胎兒（fetus）不是一個人（Person）」，不宜以謀殺論罪。因此，在擱置了一年多以後，雖然他可按照陪審團有罪的認定予以判處最高二十年的徒刑，結果在今年二月，判了艾德林緩刑一年。

早就認為自己的罪名終將被推翻的艾德林，立即返回市立波士頓醫院工作，擔任了該院婦產科的住院總醫師，受到院內同仁熱烈的歡迎。可是，這項判決已使年來震盪了全美婦產科的墮胎問題，重又回到沸點。

艾德林事件的發生，是由於艾德林替已懷孕二十週的母親將其胎兒予以墮胎，而發生了已懷孕二十至二十二週的胎兒，其母親或醫生是否尚有權利決定予以墮胎的問題。在今日美國，懷孕十四週以內，亦即三個月稱為第一生長期，在此一期間內墮胎，比較簡單，實際上是一種「無血程序」。估計此一期間內墮胎人數，全美每年約有八十至九十萬人。此一階段之墮胎，根據最高法院的釋示，只要手術者是合格的醫師，就完全合法。不過在同一宣告中，授權各州創制對第二生長期間墮胎的安全標準。目前已有三十一個州創立了此項標準，大多數的州規定只准在第二十週以前有權墮胎。過了第二十週，則必須有充分的醫療證明認定如不墮胎則將危及母親的生命或健康、或生產無可矯治的畸形兒。

此種限制看來已提供婦產科醫師以足夠的安全限度。雖然一個十八週大的胎兒看來已像一個嬰兒，而且可以吸吮其大姆指（按三月三日的時代雜誌附有十八週及廿八週胎兒的照片，筆者看了感到確是一個活的生命），但是據說一個不足廿四週，平均重量不足六百三十公克（約一又三分之一磅）的胎兒，生存的機會很小。（艾德林所墮胎兒約六百公克，他估計已懷孕二十週）

懷孕已廿四週至廿八週的胎兒，是「灰色地帶」（Gray Zone），在此期間的胎兒，很少達到其可以在子宮外面生存所需的重量與發育完全的器官。只有在廿八週以後，那時通常胎兒至少有兩磅，出了娘胎才有相當的機會生存，因此除非有非常的情況發生，一律不准墮胎。

儘管有上項明確的醫學觀點，醫學界對所謂第二生長期墮胎的合法立場也有不同。底特律、賓夕凡尼亞、匹茲堡等地的醫院（至少其主持人有此觀點）認為第二生長期應在十二至十六週之間。波士頓醫院當然仍持原有立場。說：「我們是根據最高法院的指導原則行事，」該院婦產科主任說：「對二十至廿四週以內胎兒的墮胎，將繼續在小心、更多醫療甚至宗教的諮詢下辦理。他在紐奥良的婦產科教授協會中起草了一項草案並獲得大會的通過。說：「刑事法院的反對制度對墮胎是否謀殺生命及道德問題而言不能適用。我們必須反對此類僅在倫理地位發言而不瞭解醫學與家庭計劃的人。」顯然的，這是指審判艾德林的十二人陪審團中，有十人是信奉天主教的。此外在紐約、華府、亞特蘭大、芝加哥、加州等醫院亦仍其舊。在許多州，並且增加了手術費。

影響最切身的還是懷孕者。紐約時報指出，這對貧窮與低度教育的婦女是一大災難。有許多十幾歲的少女盡可能的瞞他們的父母，而到胎兒第二生長期才去設法墮胎。也有許多人單純的是對後期墮胎的危險性無知。

艾德林雖然判決緩刑，總是有罪，因此使原本反對墮胎的人，掀起了反墮胎的高潮。一名波士頓的婦產科醫生已領導組織了反墮胎的人類生命委員會。費城、洛杉磯都有人響應而遊行示威，遠自聖保羅都有人來參加。其中有國會議員的演說，支持修改憲法附加條款，要求撤消最高法院的判例，以戢止「不正當醫療行為的惡習」，而展開了全國性的論爭，正方興未艾。

按最近西德法院已否決了懷孕十二週可自由墮胎的法案，婦女團體則激烈反對。義大利法院則裁決如在危及母親身心時墮胎無罪。在撰寫本文後，讀到三月卅一的時代雜誌，又引發了胎兒醫學上試驗的問題，俟另文介紹。

——一九七五年四月十一日，台糖雜誌五六卷十一期副刊

胎兒供作醫學實驗問題

當美國最高法院在一九七三年的判決中釋示了墮胎的合法化後，雖然解決了醫療與人道的部份問題，但是又引發了另外一些問題，其中令醫學研究人員精神上負擔最重的是，醫學研究人員對提供實驗用胎兒的道德問題。以往供醫學研究用的胎兒不虞匱乏，因為這些胎兒已決定墮胎。而現在則不同了。去年國會介入了這個問題的辯論，暫時的禁止了在墮胎前後對活胎作無益的各種實驗，同時並要求新設立的國家人體保護委員會制定胎兒供作醫學研究的規定。

為了要達成這項任務，委員會傳召了反墮胎運動者、律師、醫學道德專家、及醫療研究人員等來委員會作證陳述意見。俄亥俄州哥倫布巴特葉紀念研究所——一個科學研究中心——向該委員會報告說，由於對胎兒的研究，使成千上萬的生命得以獲救，並使對未來難以估計的胎兒缺陷得以避免。但如在現行的禁令之下，則此種貢獻將不再可能。該研究所說，由於利用活胎，才能使醫藥上對諸如德國痲疹、RH疫苗、小兒呼吸系統疾病、與羊膜水（胞水）方面大獲進展。在這一方面，科學家們辯稱，此種對未來無數兒童有益的實驗不應禁止。

而在另一方面，許多倫理學家們則堅持，不管對未來的一代是否有益，必須保護活胎。喬治鎮大學生物倫理學教授及物理學家卡斯說，雖然依賴母體，但是無可爭辯的，胎兒是一個單獨的有機體，也是一個人，至少在無外力干擾情形下，已具有生命的起點，而正向成為人類的過程發展。普林斯頓大學的宗教學教授藍賽，則在其新著「胎兒研究的倫理問題」（耶魯大學出版）中說，胎兒是「活得已不會死去，成熟得尚不夠成為嬰兒，但是已足夠有權利受到保護的人類」。

由於這些理由，六個被傳召作證的倫理學家，實際上已拒斥了可能傷害胎兒的所有實驗，即使對已決定予以墮胎的胎兒，亦不同意。藍賽舉出醫學界的一項傳統以為證明，即有危險性的處理方式，即使該一病患已無法救治或已失知覺，亦不應去做。

哈佛大學及麻省理工學院教授波克夫人（哈佛大學校長波克的太太）則認為，除非對凡能在離開子宮後可能生存的胎兒之大多數實驗予以禁止，則科學家們與這個社會是太殘忍了。至於在什麼情形之下一個胎兒在離開母體後可以生存，當然又是一個熱烈爭辯的主題。一九七一年聯邦當局曾提議，供作實驗用的胎兒，應限於重量在五百公克以下。（有一個胎兒僅有三九五公克，但離開母體後仍能活下去）

在所有的倫理學家中，只有一個在「倫理情況」中有美譽的聖工會的牧師費禮吉認為，對面臨需要墮胎的胎兒，如果懷胎的母親同意，「則可不予限制」。可是對一個對象是胎兒的實驗而言，此種的「同意通知」的傳統要件，就成了棘手的問題。藍賽與喬治鎮大學麥考密克神父以及一位猶太教神學院的牧師西格爾都指出，以兒童患病為例，例如雙親同意請醫生對其子女作某種方法的治療，那是因為他們心愛子女。但是對一個根本不要她所懷胎兒的母親而言，那種同意別人將其胎兒作為研究之用的做法，較之非法商賈間完成交易的「諾言」更為無聊。他認為如果能這樣做的話，則有朝一日婦女能設法自行墮胎，使胎兒「缺貨」，然後就有人會「僅僅由於醫學研究之需而懷孕」。

現在該委員會的困難是，必須對所有這些看法予以通盤考慮，而在五月一日以前決定，聯邦政府對胎兒實驗需要何種程度的控制，並如何付之實施。哈佛大學神學研究院的狄克博士對委員會提供了一個可行的辦法：委員會應讓那些認為胎兒是人類而應予保障的人，及那些不認為他們是人類不應受到保障的人，去每一個醫院看看胎兒實驗的情形。

——一九七五年四月廿一日，台糖雜誌五六卷十二期副刊

西方音樂往日情懷

從唱片市場來看西方音樂的發展，有強烈的「念舊」趨勢。目前最受人歡迎的，是拍譜（POP）音樂。所謂拍譜，有雙關的意義。一方面是流行歌曲（Popular）的縮寫，一方面是意味爸爸時代—上一代的樂曲。當然，爸爸兩字是從青少年（Teenagers）的立場而言，實際上一般大眾喜愛的目標都回復到十幾年以前的那些歌曲—主要的是搖滾樂（Rock & Roll），與節奏較為緩慢的如平・克勞斯貝與安迪・威廉斯的抒情歌曲。

三月間在舊金舉行的一場拍譜音樂會，由鮑比・達林主唱，吸引了六萬名的聽眾。當天下午五點開始，但是在早上剛天亮就有人等候排隊入場。在法國，在著名的酒與女人之鄉以外，拍譜樂也開始成為第三項法國名產。坎尼斯，這個原來是國際電影展覽的勝地，最近也舉行過一次國際拍譜音樂市場的年會，來自四十個國家的五千名歌手、作曲家、出版商等集會一堂，買賣拍譜樂曲的唱片，估計這次買賣總額高達美金一百億元。

從另一個角度去看，不管經濟衰退的憂懼，在古典音樂方面，喜愛的人也大量增加，更多的古典音樂唱片正大批出籠而銷路暢旺，反映了成熟的一代對寧靜與深度音感的需要。

從音樂上已看出了西方國家的「往日情懷」，更證明了蔣夫人月前發表的「不要說它——但是我們要說」中的真知灼見。

——一九七五年五月一日，台糖雜誌五六卷十三期副刊

物價為何上漲？

通貨增加是不是對物價的上漲有決定性的影響？以一個越來越開放的經濟社會的情形而論，似乎與佛利曼（Milton Fredman）的主張恰恰相反。台灣的經濟學家大多數認為貨幣無關緊要（Money does not matter），看起來言之成理。

去年十二月出版的「自由中國之工業」中有篇專文，以短期總體模型（因為傳統的迴歸分析法建立在函數關係不變的假定上而驗證不能予以成功的分析物價的變動）的方法支持了上項國內專家的看法。結論是，一個國家的經濟開放程度增加時，進口物資價格的變動對國內物價影響也增大，而貨幣供給量之變動對物價的影響卻相對減小。

這個結論具有很重要的含義。可以這樣說，在固定匯率制度下，將越來越不容易靠貨幣數量的控制來抵擋國際通貨膨脹的壓力。也就是說，浮動匯率似乎是打開此一局面的最佳途徑。

——一九七五年五月一日，台糖雜誌五六卷十三期副刊

主教的賭博觀

英國一位主教說，賭博是一種令人興奮的消遣，禁止賭博是不對的。

倫敦德漢（Durhan）教區的主教海戈博士在其教區通訊中討論到有關賭博的問題時說：「我們這個世界是在竭力尋求希望。在這一點上，賭博可給那些生活得不起勁，感到前途黯淡的人一些東西，對可能滿足其需要上給予希望。」他說：「如果試圖把這種興奮的泉源拿走，將是一件錯誤的事情，而且就社會而言，也是危險的做法。」

賭博在英國是合法的，不過由政府嚴格管理。

——一九七五年五月一日，台糖雜誌五六卷十三期副刊

憤怒的葡萄

這是那本著名小說的名字，也是八十年代活生生的經濟寫實文學。主角是法國跟義大利，配角是西德、西班牙、葡萄牙、蘇聯，還有歐洲共同市場。

今年三月中旬，法國南部蒙德比葉數以千計的葡萄農民與警察發生衝突，佔領了羅馬天主教的聖彼得教堂，靜坐在那裏，聲言法國政府不停止進口廉價的義大利酒，就不離開。沿西班牙邊界的許多小鎮也發生同樣的事件。在卡爾卡森，警察以催淚瓦斯驅逐向其投擲石塊的示威者；在馬賽港，他們進入倉庫，毀棄了四十五萬加侖的義大利酒，另外尚有不計其數的酒桶被丟入海裏。卡爾卡森的示威者中間則不但是酒農，而且包括了果農與菜農，他們在馬路上樹立障礙物阻止從西班牙開來的卡車，將車上的蕃茄、梨子、胡桃、翻倒滿街，當然義大利的Vino酒更不在話下。在鄰近地中海的塞德港，則集結了大約三萬名從各鄉鎮來的農民，在示威時高舉着「不要外國酒」「我們的酒桶是滿的，口袋卻是空的」的標語在街上縱火焚燒車輛，與警察衝突而有很多人受傷送醫。而在另一方面，義大利西西里島的馬沙拉鎮，學校已經停課，在公共廣場舉行反法的示威，當地的工會要求二萬名工人實行總罷工，並且威脅說，義大利將停止進口每年向法國輸入的二百八十萬加侖香檳酒以及麥片與肉類，以為報復。

歐洲人稱這些事件為法義大酒戰。未經加工的粗紅酒，是絕大多數地中海居民「生命的血液」，更是法義兩國農業經濟的主要支柱。去年葡萄的豐收，使共同市場的酒類發生二十六億加侖的剩餘。正當此時，法國的消費人卻減少了每人一瓶的消費，使去年的消費量較前減少了一億加侖，奇怪的原因是年青人比以往喝得少了。在這種情況下，在本（一九七五）年頭兩個月進入法國的義大利酒已達五千零二十萬加侖，而一九七三——七四年期進入法國的義大利酒總額亦不過七千六百五十萬加侖。法國人就吵起來了：「義大利酒是胡搞出來的濫污貨，像他們所有的其他東西一樣亂七八糟。他們在酒精裏加點化學色素，就稱作紅酒。」

於是上個月，法國政府開始杯葛，對義大利酒決定停止進口一個月。義大利就向歐洲共同市場提出控告，說法國違反了共同市場內部貨品自由流通的原則。

在這個事件同時，可以說是息息相關的，是另兩個國際酒案醜聞，也須由共同市場加以處理。一個是西德的詐欺案，就是有名的法國波爾多（Bordeaux）酒合法的輸出至德國後，居然被德國重貼其他標籤，再運入共同市場內外其他國家，成為來源不明的普通餐桌酒。照說像波爾多這種高級酒，如以原牌運銷，售價很高，不必自降身價。但是酒類的過剩，就是高級酒也一樣的大為滯銷，所以把原標籤撕掉，貼上不知名的低級酒標籤，改頭換面出售，價格雖低，總比賣不出大虧老本要好，而且可以收回百分之十的邊界津貼。另一件是，法國對歐洲共同市場說，它的過剩酒類十二億五千萬瓶，蘇聯願意購買，但是價錢殺得很低，不夠成本，因此要求共同市場補貼每瓶四美分，也就是五千萬美元，否則蘇聯就要向西班牙與葡萄牙購買。可是津貼由共同市場付的話，就是全歐人民的錢交給法國，仍引起譁然之議。

法國的農業部長波奈已向共同市場酒類委員會提出要求採取下列三項緊急措施。第一，即日起停發酒類邊界津貼，庶可提高義大利酒進口價格；第二，立即修訂共同市場及對酒類管理之技術性規定，即應允對過剩酒類加工蒸餾為工業之用。第三，如酒類存貨尚不足以使市場價格提高，應即研究是否進一步准予加工蒸餾的可能性。

共同市場各國農業部長即將集會商討如何處理。除了上面的各種方法以外，也有人認為可以把這些過剩的酒送給軍人、醫院的病患、養老院裏的人們。英國一位對共同市場有興趣的工黨人士基諾克說：「這個酒湖必須抽乾。也許最好的辦法是，我們所有的人都該喝得酩酊大醉。」

——一九七五年五月十一日，台糖雜誌五六卷十四期副刊

中小學生程度降低

現代教育的課程無疑比以往要多。但是學生們真的比以前多學到了一些嗎？至少美國的中小學生，在這十年來的情形是相反的。

最近舉行三項測驗的結果顯示，教室裏學到的東西明顯的在下降。第一項是年度中學生學力測驗，此項測驗通常被各大學視作申請者是否准予入學的基本資料。此項資料顯示，從一九六二年以來，每況愈下。以去年對一百萬高中畢業生測驗的情形為例，甚至低於過去十二年來的平均數，例如數學一門，其記錄是從平均五〇二分，降至四七八分。而數學的最高可能分數是八〇〇分。

在分析其原因時，大學入學測驗委員會主席麥甘萊說，下降的原因一方面可能是計分技術的改變，一方面也可能是參加測驗的學生中，程度差的佔了多數。但無論如何，顯示了一般合理的估計。

某些教育家將此歸咎於電視看得太多。但是至少學校當局也要負部分責任。無疑的，在中小學裏，對語言技巧的訓練不夠注意，而太着重於將來如何找工作。

在另一項由全國教育課程修訂委員會所作的測驗中，三月下旬的報告中對九萬名中小學生測驗結果顯示，一九七三年中小學生們對科學課程方面的理解較三年前更差，平均以十七歲的學生尤甚。

第三項證明是由衛生教育及福利部所舉行的測驗所證實。三月中旬該部提出的報告中，顯示中小學生閱讀能力的水準，是自一九六〇年以來逐年下降的最低水準。

——一九七五年五月廿一日，台糖雜誌五六卷十五期副刊

氣象武器行將出現

封神榜上的呼風喚雨，看來二十世紀的人真的會使之變成事實。

美聯社倫敦的消息說，美國國防部現正從事於一項全球性的調查，以了解用人為的方法改變氣候以為作戰武器的可能性。

美國普林斯頓大學政治及土木工程教授魏斯女士說，人為的誘致暴風，科學地創造傾盆大雨，以及由實驗室控制的乾旱，在不久的將來可能一一實現。

她在國際戰略研究所出版的「生存」中撰文說，美國高級研究計劃機構已從事於控制氣候以為國防目的的研究。她描述此項研究的方向，正指向製造雲層以掩護軍隊，俾前進時不被發現，或使迷霧與低雲層消散以有助於空中轟炸。另一方面，叢林地區人為的傾盆大雨，可將路基沖毀而阻止敵軍前進；人造雪可干擾山區的交通與通訊。

氣象武器的代價較傳統的戰爭技術為廉。從事運用氣象武器的國家甚至可以偷偷摸摸的用以影響鄰國的領空，而使本國不致被侵或延緩被侵。

不過，氣象武器使用亦有其限度。因為氣象戰爭不能應用於整個世界。此種科技僅能適用於某些特殊氣象條件的地區。同時在核子戰爭中效果很小，因為造成氣象的變化需要時間，趕不上核子戰爭的速度。

氣象武器的說法看來有點像科幻小說的奇想，但它極可能成為不分青紅皂白，殺死整個人類的兇手。

——一九七五年五月廿一日，台糖雜誌五六卷十五期副刊

女人高於男人

男人的地位本來就在女人之下。是女人自己抬高了男人的地位，因為她們要求男女平等。著名的人類學家蒙泰戈在佛琴尼亞州立大學說，一個女人在要求與男人平等時，她就自認其地位不如男人之高。他說：「只有低三下四的人才告訴別人他是如何的高高在上，而男人就會做這樣的蠢事。很久以前女人就已發現她們的地位在男人之上，所以以往她們很懂得在這一點上保持安靜。」

蒙泰戈舉證女人在很多方面都高於男人。他說女人由於其日常生活的經驗所以比較聰慧，而極大多數的男人就差遠了。他說：「男人們把智力用在得博士學位與爭取諾貝爾獎金這類事情上，但是不管他得多少博士，或者年年拿諾貝爾獎金，還是笨得像條牛一樣。」

蒙泰戈說，女人在本質上就優於男人，她們生兒育女，撫育子女長大。至於在生理上，她們的地位更高，因為女人有兩個X染色體。

——一九七五年五月廿一日，台糖雜誌五六卷十五期副刊

死亡問題面面觀

死亡，是人從一生下來，就面對着的一條直路，愈走愈近。懼怕？處之泰然？抑應以嚴肅的態度面對它？如果能從科學與哲理方面去觀察，也許對每一個活着的人都有或多或少的幫助。

什麼是死亡？舊的定義是根據哈佛大學的研究結論，即大腦停止活動後，如在廿四小時以內仍顯示其腦波在同一水平標準，則即使病人仍能靠機器維持呼吸，醫師仍可宣告病人已經死亡。最近這個等待廿四小時的標準已被西北大學神經科主任柏席斯所修正，據時代週刊報導，他根據一項對五百零九個即將逝世的病患所作的研究結論，認為大腦停止活動後，只要等待三十分鐘，在三十分鐘以後如果其腦波檢查結果仍無變化，則可認定確已死亡。如果這項標準經確認成立，則最大的好處是可以大量縮短器官移植手術所需等待的時間，增進移植器官的功能。

死亡是不是一件可怕的事？我國有一句俗話：好死不如歹活。照這個說法，在任何情形下，死不如生，一定是死的滋味不好受。問題是誰也沒有死去活來過，怎麼知道什麼滋味？

台北美軍廣播電台在其「珍聞集錦」（Ebony and Ivory）節目中談到這個問題。在伊利諾州某一大學的一項報告中指出，根據對三十幾個因急病「死亡」，隨後又被救活或自動復甦的病患的訪問，這些病患幾乎都說，死亡是沒有什麼不舒服的感覺的。這些人包括服毒自殺後「死」了救治「無效」，可是藥性一過，感官又回復正常而活了過來的人，過分酗酒醉「死」又活的人，以及某些患有循環或神經系統疾病的人在一時「機器失靈」而後又自動「修復」的人。他們都說「死亡」的本身並無任何痛苦的感覺，如果有任何痛苦，那就是死亡以前某些神經系統導致肉體上的感覺。這些人中有很多人說，將來他們再面臨死亡時，他們已不再畏懼。

為了使垂死者減少恐懼，美國最近又出現了一種死亡服務的行業，其名稱為「死亡友誼」（Death Companionship），即陪伴垂死的病人，每小時收費美金七元五角，其中陪伴人獲得三元五角，其餘四元由「死亡友誼訓練所」抽取。目前該「所」已有十五人畢業，另有十五人正接受「實習」訓練中。所謂實習，就是陪伴垂死者，但不給「薪水」。此項工作人員需接受八種使垂死者感到安適的課程，包括對垂死者死亡恐懼的撫釋，自殺與安死問題的討論，服務技術之研討，特別是宗教服務。值此經濟衰退，失業率日增的情形下，據說申請接受此項訓練而希望給予「工作」者，已有七百人之多。

另一方面，自殺一定是不對的嗎？誰知道也許是安死呢？聖經中十誡中的第六誡說：「不可以自殺，也不可以殺人。」偏偏舉世聞名的基督教長老教會的牧師，七十七歲的范德森與他的八十歲的太太今年雙雙自殺。范德森從紐約神學研究院聯盟主席退休後，與太太住在新澤西州，一直仍義務為教會工作，努力不懈。今年一月間兩人同服安眠藥自殺，太太立即死亡，先生則被送醫後延至三月間因心臟病發而死，范德森五年前曾得了一次中風，太太則患有關節炎，但是在死前不久，還長途旅行去過一次英國，因此還沒有痛苦到完全活不下去的程度。換句話說，他們兩人都是心智健全的人，尤其基督徒以不能自殺為誡。但他們終於走上自殺之路，留下的遺書說，他們倆人感到日漸衰弱與不適，不願意有一天死在養老院。因此他們的自殺是一種負責的決定，俟諸時日，人們便可感到事屬平常，無可非議。

對於此一自殺與教義的遵循問題，現有正反兩種意見。某些范德森的同僚們表示同情，認為這是安死，范德森做的並不錯。但是其他的人包括范德森的三個兒子在內則不以為然，其中最有力的一項說法是：只有上帝有權決定一個人何時結束其生命，因為只有祂才知道什麼是祂的意願去達到一個日標。即使一個人世俗的生命中遭受不能忍受的痛苦，仍必須交與上帝之手來安排，因為是上帝給了他以生命。

——一九七五年六月一日，台糖雜誌五六卷十六期副刊

移動的陸地

第一次世界大戰期間，有一個年輕的德國軍官躺在醫院裏養傷，閒來無事，以查看地圖來打發時間。他注意到大西洋兩岸的曲線，似乎相互吻合，而開始加以探索。這個年青的軍官，就是今日已舉世聞名的北極探險家與氣象學家魏格納。

對於巴西海岸線與非州西海岸相互吻合的說法，其實魏格納已經不是第一個發現這個問題的人。幾個世紀以來，科學家們與地理學家們已經在推論，地球表面的陸地原來是連在一起的一大片土地，後來斷裂為幾小片，像小筏一樣的飄浮在地球可塑的核心之上，而變成了今天這個地位。不過此種理論經常被對立的科學家們嘲笑，迄無進一步的發展。但是魏格納不為所懼而仍勇往直前。他在這一項發現以後，就畢生致力於求證其陸地推移的理論。一九三〇年，華納格在格陵蘭尋求證據的途中去世，但是後繼者已可循着他所獲致的成果繼續努力。到了今天，除了極微小的差異以外，地球是一個易碎而經常變動的星球這個觀念，已逐漸為絕大多數的地理學家所承認。

以往此一方面的理論，對有關地面形成的說法，大多認為現在的地球較冰河期的變化略快，其表面的移動每一千年約為二十英哩。但是紐約時報科學版編輯蘇利文（Walter Sullivan）最近出版了一本相當突出的書，叫做「移動的陸地」（Continents in Motion），其說法相當新穎而合理，對此一爭論的觀念中之懷疑論者與支持者，都有公平的評價。他不同意維利克夫斯基所持，在聖經上大洪水時代地球重新形成的說法，但是他承認，由於維利克夫斯基的說法，而使現在的地理學家們致力於重行研究地球形成的假定。他不但對創立哥倫比亞大學地球觀察研究所，已故的歐文（Maurice Ewing）所認為，以潛艇探測海底地理所得，研究推裂成大西洋的海底山脈之理論予以相當的支持，而且也重視海底形成、火山、及圍繞溶液核心的地殼下半溶地帶的諸多他人的研究。從這個方向出發，蘇利文盡力蒐集證據，諸如某些北美動物的祖先似乎來自亞洲，假如地球一開始亞洲與北美洲就有海洋相隔，那是絕不可能的。他指出海層裏深海山脈的兩脊是經常在擴張的，這可以從喜馬拉雅山正以每世紀幾英吋的速度在增高，迫使印度次大陸與亞洲大陸向兩邊推移的情形得到證明。

——一九七五年六月十一日，台糖雜誌五六卷十七期副刊

美麗的海洋

吵吵鬧鬧了大約兩個月之久的海洋會議，終於在沒有結果的情形下結束了。

會議的失敗即使不是早在預料之中，也可想而知，其原因可以一句話說明：各懷鬼胎。

由聯合國在日內瓦召開的海洋會議，有一百四十個國家與世界性組織參加，在四月間開始舉行商談。這種會議自一九五八年以來已經舉行了三次，這是第四次。上次的會議是去年在委內瑞拉首都加拉加斯舉行的。

實際上希望經由成文的規定來訂定海洋法，這個也界已經嘗試了三百年。在十八世紀時，就有兩個意大利人建議領海主權應限於加農砲的射程，即三海浬之內。美國在一七九三年接受此一建議行事，其他的國家亦相繼承認此一規定，但從未成為成文的國際法。去年在加拉加斯的會議中，幾乎達成擴伸至十二海浬的領海範圍，及二百海浬範圍內經濟資源區的權利，並且在深海開礦方面稍有成就。但是即使在這些建議上，也各存但書。美國支持二百海浬經濟資源區的建議，但堅持僅及於諸如漁撈、礦產之類的資源，但無權擴及控制船隻的自由航行。蘇聯則認為，如一個國家不能在此區域內全部利用其漁撈作業，則必須准許其他國家的漁撈作業捕捉其剩餘的部分。而幾個拉丁美洲的國家，則傾向於應有全部的主權。以厄瓜多爾為例，在十年內就扣留一百艘美國漁船，並且收取了大約五千萬美元的罰金。美國與蘇聯並堅持，在世界各海峽中，船隻有自由航行的權行。

反對者中還有恐懼本身安全的開發中國家。所以在海洋權利的爭執中，包括了富有的國家，貧窮的國家，開發中國家，沒有海岸線的內陸國家，以及有很長海岸線的國家。各為其利，各執一詞。因此上次在委內瑞拉的會議，就在一百多個問題中的一項問題上觸礁而無疾而終。

這次會議中情況並沒有改善。七十七個開發中國家形成一個集團。他們堅持，在他們能分享海洋開發的利益以前，海洋公約不能訂定任何權利範圍。參加該會議的美國代表說，七十七國集團企圖指定十處地點，由開發及開發中國家雙方合作投資，以為開端。等到他們有了資金、技術與管理經驗，就請已開發國家回去納福。總而言之，七十七國集團的主張是建立海洋資源的「經濟新秩序」。簡單的說，有「福」共享。但是以已開發國家的立場來說，資金、技術，與管理智識，是他們的本錢，開發中國家不能打如意算盤。

問題也不僅這些。已開發國家中彼此也有矛盾。五個北大西洋公約中的國家也各有打算。英國與法國正就英吉利海峽西端的海床權屬發生爭執：中分線應在那裏？由於大家都聞到了石油的氣味，因此即使五百碼的差異也影響油田裏冒出來的大把鈔票。英國認為西里羣島是起點，而不是康華爾海岸。法國瞭解此將放棄怒海中的兩萬平方英里，而持異議。英國也面臨愛爾蘭與丹麥的聯合挑戰，對蘇格蘭外海三百浬處五萬二千平方英里全是花崗岩組成的海底鑛床的羅克爾權屬各有主張。一般相信，這個地區的藏油量較北海地區更為豐富。都柏林與哥本哈根的法律及地理專家指責英國無理取鬧，不列顛人士則認為這是蘇格蘭地區的自然延長。該地在二十年以前被英國海軍佔領，愛爾蘭與丹麥目前雖尚未對該地爭執所有權，但丹麥已聲明對該地保留一切權益，說這是法洛恩羣島的一部分。

這次會議唯一的成就是決定明年再舉行第五次會議，不知道到時候會有什麼結果。

——一九七五年六月廿一日，台糖雜誌五六卷十八期副刊

常用物品一得

殺蟲劑

美國消費品安全委員會透露，殺蟲劑製品每年約殺死一百二十五個人，其中大部分是青少年，因為他們有意的吸聞各種氣味，從噴漆到除臭劑，以產生「飄飄然」的感覺。

委員會的資料係根據其檢視死亡證明書後的統計。該項報告係向一項工業界領袖會議所提供之資料，以決定政府是否應對控制殺蟲劑的濫用方面採取行動。

殺蟲劑也受到另外的攻擊。據說其氟碳推射物質可能危害原覆蓋於地球用以阻擋外太空輻射的大氣層。不過工業界已否認此點指控。

在因殺蟲劑致死的人中間，除了一個人以外，其餘都是由於故意吸入。有兩個人是吞服殺蟲劑。藥物調查當局證實，氟碳係用作為噴霧式罐裝殺蟲劑之推射劑，當殺蟲劑噴出時，由於氟碳係濃縮於罐內，故人們如首當其衝，則可立即導致心臟病。

委員會已考慮一九七三年華府科學中心基於公共利益所作的訴願，呼籲由政府來作一次調查，以瞭解殺蟲劑毒性之化學成分與導致爆炸危險的可能性，以及全國性的對消費人展開教育運動。

委員會估計除了死亡者以外，目前每年約有五千人因受傷而送醫急救。不過委員會說，以年產三十億罐殺蟲劑而言，傷亡的比率仍不算嚴重，因此還沒有任何禁止使用的打算。

維他命C

維他命C如果暴露於空氣或濕氣中過久，將會分解產生有害的物質。

舊金山的太平洋大學魏克博士向美國化學會第一六九次年會中提出報告說，他從長達三年的實驗中獲得此一結論。

把維他命C丸切成兩半，放置一年，就會分解成幾種不同的化合物，這些化合物可能導致糖尿病，形成腎結石。他說，無疑的，大量服用維他命C，是很危險的。很多人一下子就買一大瓶維他命C丸，在洗澡間或是廚房裏一放就是一年，甚至更久。這些地方濕度與溫度都較高而加速變質。

煙、酒、咖啡

在看得見的幾年之內，煙、酒、咖啡將成為人類致命的主要兇手。

澳州雪梨大學藥物專家澤西博士說，煙、酒、與咖啡一般的被社會大眾所接受為日常消費品；而鴉片、痲醉劑、與迷幻藥則不然。這個社會在禁止濫用藥物方面，對這兩類「藥品」樹立了雙重標準，實際上很滑稽。

「社會的觀點是，擁有並使用痲醉品，是犯罪的行為；而擁有並吸飲煙酒，則是理所當然的正常行為。」

澤西將酒精、咖啡裏的咖啡因、與香煙裏的尼古丁，置於被濫用藥物名單之首。該項名單中亦包括阿斯匹靈、鎮靜劑、與安眠藥。但不知道為什麼未包括大痲煙。

——一九七五年七月一日，台糖雜誌五七卷一期副刊

高爾夫球是否運動

高爾夫球到底是娛樂，還是運動？有人認為這是運動，高爾夫球委員會主任委員則承認目前尚具有「雙重身份」。

但是在日本，儘管今天已有一千萬人以上在打高爾夫球，東京的法院仍判決高爾夫僅是高收入者的娛樂，而不是一般大眾的運動。

最高法院在五位法官一致通過的票決中，認定政府對打高爾夫球的人征收娛樂稅，完全合法。

在東京——橫濱地區，打一場高爾夫球的稅金，甲級是一千二百日圓（折合美金約四元），乙級一千圓，丙級八百圓，丁級六百圓。

此項判決源自六年前一項申訴，東京一位七十二歲的律師泉正芳向法院要求政府退回其在福州俱樂部裏打球時被徵的五百日圓。當時他指出他是該俱樂部的會員，在以往高爾夫球被認為是有錢人的玩意兒，但在一九六五年，日本已有二百萬人以上打高爾夫球，今天應被認為是一項普遍的運動。他認為此項稅金侵犯了從事運動的人權。他說人們使用網球、溜冰、及其他運動之設備均不需付稅，因此僅對打高爾夫的人徵稅是違憲的。

被告東京市政府辯護說，打高爾夫球是一種娛樂，雖略具運動的要素，但使用高爾夫設備者主要的是高收入者。市府說這與溜冰、乒乓球，及其他的運動不同，因此對打高爾夫球徵收特別稅，自屬適宜。

東京地方法院在一九六七年駁回了泉正芳的申訴。他向東京高等法院上訴，高等法院支持地院的判決，在一九六九年再予駁回。他立即再向東京最高法院上訴而三度敗北。

從實際的觀點而言，是不是娛樂或是不是運動其實都沒關係。重要的是，不管是娛樂還是運動都要徵稅。

——一九七五年七月十一日，台糖雜誌五七卷二期副刊

多數美人贊成死刑

全美國有三分之二的州贊成死刑，主要是南方各州的堅決支持。

合眾國際社最近向全美各州州長的的詢問統計顯示，有二十八個州長贊成維持死刑的懲處，十七個州反對，五個州無意見。

對此一問題意見的分歧，很明顯的成為東北部，西部，與中西部三大派。在現有死刑法律的南部各州，除了田納西州以外，都贊成維持該法律。田納西州州長說：「我一直反對此種刑罰。」

在贊成有死刑的二十八個州長裏，十六個州長認為死刑有嚇阻防止犯罪的作用，其他的州長則認為，對於殘暴的罪犯，死刑是公平的處罰，而且也是全民的意願。

在十七個反對的州長裏，有七個人認為死刑不能起嚇阻作用。五個人說他們本人很厭惡此種懲罰方式。其他的人認為美國無權置人於死、方式殘忍而非常、或死刑一旦執行，無法平反。

目前美國有三十三個州設有死刑法。其中十九個州以電椅執行，九個州利用煤氣室。在德拉威、新罕布夏、愛達荷、蒙塔拿四州，係以吊刑處理。猶大州則為吊刑與槍斃兩者皆可。

——一九七五年七月十一日，台糖雜誌五七卷二期副刊

徵求第十件笨事

大西洋月刊舉辦美國十大笨事的「選舉」，其中九件已經選定，獨缺第十件，現正公開向讀者徵求中。該刊說，應徵的原則是令人啼笑皆非有話講不出。入選者將獲得獎金，不過不論將來讀者是否認為確實笨極，該刊有最後的決定權。

已經決定的九大笨事如下：

一、以球場為度量衡的單位，例如：「海軍最新型的航空母艦有十個足球（橄欖球）場那樣長。」

二、客機上、會客室等等場合的三聯座位。（三個椅子成列）。

三、正式宴會中的水果雞尾酒。

四、放在麵粉袋裏面的贈獎券。

五、阿斯匹靈的使用說明裝在藥瓶裏。

六、粗口瓶裝調味品。

七、留心並洗滌衣服上的標籤。

八、「小得可以放進錢包」的摺傘。

九、超級市場物品標價上附註用（吃）法。

合眾國際社記者說，無疑的上述各種情況是有點令人啞口無言。不過是不是真正最笨的事？大有推敲餘地。預料所有應徵的「笨事」收到後，大西洋月刊將要重排其優先順序。就他的瞭解，隨手可拾的事就有很多比這九項更令人啼笑皆非。

貨幣的高度就是一例。

假如說以球場來衡量軍艦的長度是愚不可及，那麼用帝國大廈來比擬鈔票的高度又怎麼說？而國會每一次對發行國家公債的金額限於二百億美元之類就用這來比擬。舉例而言，其新限額為五千三百十億，調查小組就會立刻反應說，如果這樣，這些鈔票堆起來就有十個帝國大廈一樣高。（這對民航機的飛行就發生大問題。）

至於說三聯座位算是蠢事的話，那麼較之人口普查局一向以每個家庭平均人口為四．五人的比擬，又相形見絀。所以為了配合人口普查局的統計，則航機的座位也許應改為二．五人的聯座。

談到水果雞尾酒，跟全部以玻璃造成的，但是沒有窗戶可開的大廈又是小巫見大巫。

其他的應徵者無疑的會加上一大堆。我當然希望他們能入選，不過以我個人的看法，第十件笨事應該是十大笨事選舉的本身。

——一九七五年七月廿一日，台糖雜誌五七卷三期副刊

星馬英語

在脫離英國統治十二年以後，正統的不列顛英語，在星馬已日步維艱。

在新加坡，一項辯論已經展開：到底這個海島共和國應返回使用規規矩矩的英語之途，還是聽其自然，將現在已經朗朗上口的「海峽英語」予以制度化與標準化？點燃這項辯論火花的，是新加坡總理李光耀。他出身於英國劍橋大學的法律系，以精於皇家英語著稱，最近卻公開宣稱，以正統的不列顛英語任教的英語教師，本身應該作某種程度的再教育，以修正補充其教材與口語。新加坡的教育部接着馬上聲明，此一動機並非指任何學校英語教員不合標準，所以英語的補充，並非僅要求英語教員一門，而是包括科學、數學等全部在內。

語言專家指出，在新加坡談使用標準的不列顛英語，始終是一個問題。因為新加坡人在家裏都使用他們自己的方言，只有在官方，各級的學校裏才有所使用的英語是否標準正統的問題。

結果是：隨意而漫不經心的日常會話中，在正統英語中夾入中國話，馬來話，印度話，及其各國語言的重音與腔調。因此，一個英國或美國的觀光客，當他們傾聽兩個新加坡女店員交談時，明明說的是英語，可是卻一個字也聽不懂。

為英語中夾插本地方言是理所當然而辯護的人們說，在英語中加入了地方性的特質，是一種很自然的現象，就像在澳洲、美國、印度、非洲以及其他等等英國人居留過的地方完全一樣。那些地方都已有了澳洲英語，美國英語，印度英語與非洲英語等等，為什麼不能有星馬英語？

最近十年都住在新加坡的英國語言學家湯格雷建議說，「方言」應予制度化、正式化，並列入學校教材，使用成為標準的新加坡英語。他在其所著星馬英語一書中說：「一個不按規定的形式組成的字一旦出現，一定有許多使其能保留下來而肯定的予以成立的因素。其中有一項因素是：這個字是否能使彼此溝通何所指。就星馬英語而言，這個答案是肯定的。」

湯格雷說，如果一個在英國住了很久的新加坡人回到新加坡，說的是滿口標準英語像個英國人一樣，是很容易被人另眼相看成為一個怪物，而且也會被別人認為他是在裝腔作勢，賣弄自己是個高等新加坡人。

在是否應有「星馬英語」的正反辯論中，有一項比較樂觀的看法，可以新加坡大學康塞卡的意見為代表。他認為對這個問題，用不着有太多分歧的意見。他說：「我們不必替我們今後的英語方式如何發展而躭憂。只要我們具有常識與理解力，以及對英語規則的要點有深刻的認識，就可以知道，不會因為我們現有的這種所謂星馬英語的方式，就會使我們今後無法面對其他英語世界的人。

康塞卡的意見確是很樂觀。西諺說：一顆新星誕生了。星馬英語到目前為止還談不上算是什麼新語言。但那卻是新語言誕生的必經之路：舊語言——新方言的加入——舊語言的減少——新語言。

新語言的形成大致如此。

——一九七五年九月十一日，台糖雜誌五七卷八期副刊

高樓有礙身心發展?

位於萊茵河與梅茵河會合處的西德銀行之都法蘭克福周圍，已成為最新的「大法蘭克福」。許多郊區的高樓大廈，雨後春筍似地建立了起來而與法蘭克福連成一片。不過跟其他所有的城市一樣，這樣的大都市（Conurbation）仍然未能滿足每一個人的要求與解決對於都市居住問題的美中不足：優美的環境與現代化方便的魚與熊掌之間，不能兼得。

西德政府對此種最近發展的情況，正籌設一個委員會對下列問題作科學性的研究：高樓住家可能不但有礙身體健康，而且影響心理健康。

社會學家們普遍認為，家庭的破裂諸如離婚等等情形，住於空氣稀薄，高聳入雲的公寓區所發生的頻率，遠高於單門獨院式的家庭，而且後者的發展結果亦較為溫和。

以兒童間的比較而言，需要爬上爬下數不清的樓梯，才能走到最近的遊戲地坪的孩子們，較之跨出門就是後院或花園的孩子們，在行為上顯出許多乖異之處。當然，也許有人會說這些發現的問題是車拉馬，因為毫無疑問的，誰都希望有一幢單門獨院的房子，前後都有草坪花園，只是沒有這個力量，又徒喚奈何？不過這些情形是事實，至於倒底是雞生蛋還是蛋生雞，那是另一回事。

事實也顯示另外一些問題。高樓居住者患濾過性病毒的也較多（排氣或通風孔在樓頂），以及神經錯亂的機會也容易中獎。

——一九七五年十月廿一日，台糖雜誌五七卷十二期副刊

命中註定不能發財

俗語說：「人無横財不發」。可是對尼可遜太太而言，是一大諷刺。

住在英國吉斯德福的費雯．尼可遜，當她的第二任丈夫凱斯在一九六一年中了英國足球獎券的大獎以後，她認為她是世界上最幸運的人。她說：「我要儘量享受享受。」於是在三個星期當中，她買這買那，吃喝玩樂，用掉了她那週薪七鎊丈夫中獎所得全部獎金十五萬二千英鎊（約合美金三十六萬五千元）中的三萬八千鎊（約為美金九萬一千元）。

但是不久，噩運降臨到這個揮霍無度的女人身上。

凱斯在一次車禍中喪生。費雯在一九六九年再與賴德結婚，可是在十三個星期之後，他倆的婚姻破裂，賴德在不久之後也在另一次車禍中喪生。

兩年以後，費雯又與艾利遜結婚。這次婚姻只維持了十一個月，就分居了，而在今年正式離異。八個星期以前，她與現年卅二歲的第五任丈夫蕭諾曼結婚。這個星期三蕭諾曼病亡。

今年卅九歲的尼可遜太太，傷心欲絕，在蕭諾曼死後的第二天起就閉門思過。他的一位親戚說，她不想跟任何人講話。

經過她「深切的反省」以後，她說話了。

「這筆錢來得有點邪。自從有了這筆錢以後，我沒有過過一天幸福的日子。」她說：「我決定要把賸下的錢趕快花掉。」

——一九七五年十一月一日，台糖雜誌五七卷十三期副刊

法國發起戒煙運動

法國衛生部長西蒙．薇麗，已發起了一項戒煙運動，對香煙專賣的法國政府而言，勢將影響其收入。

本人已經戒煙的薇麗夫人說，此一運動本質上並不是強迫性的，也並無逼迫抽煙者嗜好的目的，而是提醒這些癮君子，並且在他們想戒煙的時候伸以援手。

她避免提及此一運動要付多少代價，或者對香煙銷路的減少有多大影響，當然更沒有談到假如此一運動使香煙銷量減少後，政府在此一方面的收入會少到什麼程度。薇麗夫人說，此一運動的宣佈，事先已獲得財政部的同意。

在記者招待會上，薇麗夫人說，法國人花在香煙上的錢，較花在麵包與水果上的還要多，而香煙銷量的增加，較之人口增加率更快。

——一九七五年十一月廿一日，台糖雜誌五七卷十五期副刊

科學家責難星相學

一百八十六位著名的美國科學家，批評「星相學騙人的自說自話」，對目前流傳甚廣的所謂星座能預卜發生的事件，而且影響人類生活的說法，認為沒有科學上的根據。

包括十八位獲得諾貝爾獎金的這羣科學家，鑒於美國一般大眾對星相學日增的接受，已迅速的聯署了這一項聲明，並且在人類學雜誌的特刊中發表。

聲明中說：「我們受到星象圖、預言、等等胡說八道的困擾，特別是有名的報章、雜誌、與出版物的廣為傳播，尤其使我們無法忍受。

「這些無聊的傳播足可說明無理性主義與文盲主義的增長。我們認為直接有力地向這些所謂星象影響人事的說法起而挑戰，已正是時候。」

科學家們的話自然很權威。可是有些事使我們很迷惘。舉例而言，我們從小學開始，就已經被告知地球上的潮汐與月球有關，好像並沒有人證明這種說法不對。

——一九七五年十二月廿一日，台糖雜誌五七卷十八期副刊

——以上各篇選自師範散文集「夜讀雜記」，二〇〇四年八月文藝生活書房出版

參、故事今說

衆裡尋它千百度

自由女神

去故宮博物院，如果沒看到那棵青葉白梗的小白菜，和那塊燉透了的紅燒肉，就等於白去了一趟。那麼去法國沒看到那尊自由女神塑像，也是同樣的遺憾。

美國獨立戰爭成功後，法國人感同身受，就照它自己在共和成功後，以象徵自由、平等、博愛三色國旗意義，而雕塑的那尊自由女神像，原樣、但是予以放大再塑了一尊，送給美國，就是現在矗立在紐約港口，象徵美國精神的那尊巨大的塑像，而使所有來往的人們見到它的時候，都為之動容。尤其在航空事業還沒發達的一九六〇年代以前，從鐵幕逃出，坐船初次到達紐約港口的旅客，當他站在船頭，看到自己逐漸接近那尊象徵「紐約到了！自由民主的美國到了！」的塑像時，許多人甚至都會流下淚來。

但是法國自己的那座原塑像在那裡？為什麼去法國旅遊的人，還是很少人知道它在那裡呢？只是因為吸引你的東西太多，現在導遊的觀念也不一定認為這是重點而很少介紹。其實，你不是已經到了法國，已到巴黎，正在塞納河上坐着遊艇眺望兩岸目不暇給的各個歷史古蹟嗎？遠在天邊，近在眼前，它就在你的身旁不遠。

你在塞納河遊艇碼頭上船時，是在塞納河的中段。遊艇是在塞納河的右岸。你的遊艇是先朝聖路易士島的方向航行，一過聖島，遊艇就會折返靠左岸航行，快到米拉博橋（PONT MIRABEAU）的時候，船就再折返靠右岸航行。（再往前行，就是所謂「繞河一圈」而到了原來上船的地方下船了）就在折返的地方，你就可在河中間的狹長小島上見到你的目的物了：自由女神。她遠比紐約港口的那尊小多了，安靜的站在幾棵垂楊中間，看着你的經過。遊艇是不停的，而且以照相來說，船速不慢。所以有心照相的人要在船轉彎快經過時，早點準備好相機，因為你能在她正面拍攝的時候不過三、四秒，因此要留下她倩影的人，最好坐大遊艇的上層：如坐小遊艇，因為有頂，不准爬出來照，你只能預先選靠左邊的邊座，同時把座位邊的玻璃先擦一下，效果還是可以。這是說白天。如果是晚上遊河，雖有閃光燈，恐怕效果也不如白天。

蒲松齡故居

聊齋（誌異）家喻戶曉，名滿中外，各國文字譯本琳瑯滿目。但是作者蒲松齡的居所，卻遠不如其他知名文士。杜甫草堂在成都，蘇東坡住過的地方都有紀念館，大家都知道。但是蒲松齡住在那裡？

到青島與濟南膠濟鐵路沿線遊覽的人，千萬不要稍縱即逝。這條鐵路沿線有孔子故居的曲阜，五嶽之一的泰山，仙跡眾多的嶗山，海市蜃樓的蓬萊，大名府的濟南，以及避暑勝地的青島。而蒲松齡的故居淄川蒲家莊，就在這個旅遊圈裡。

蒲松齡（一六四〇—一七一五）生於明末，歿於清初，屢試不第，但著作等身，聊齋只是他的旁門，但卻因此而身後揚名全球，恐怕不是他潦倒的生前所能預料。

去蒲家莊最好在鐵路的張店站下，沒幾步就是一條康莊大道，大道盡頭就是蒲家莊。進莊後，蒲松齡故居因為郭沫若的對聯而赫然在目。矮矮的房屋五、六間，每間都有聊齋女主角侍守，書房暨臥房則古書盈架，壁上還有標示「聊齋原稿」的底稿，有人問是否真跡。此外聊齋中狐仙鬼怪的塑像，也到處都有。這幾間房屋雖然矮小，但是幽雅恬靜，文人名士氣息濃厚，身歷其境，確感怡然忘我。院子裡有蒲松齡石像，清癯儒雅，肅然離塵。另外還種了很多果樹，果實累累下墜，幾疑蒲氏手植。

據說蒲氏生前，在莊頭一大樹下放一張小桌，備茶一壺，凡有過往客商歇腳者，免費奉茶，有故事者請口述，蒲則予筆記，日久成書。其實聊齋一書中，很多議論觀點都是蒲氏一貫的思想，所謂客商口述，也許只是一種無奈的託詞吧？

龐貝路標

去意大利旅遊，或者說去歐洲旅遊，最主要是看它的建築，特別是各地的教堂，真是嘆為觀止。而龐貝古城，則是歐洲的一大異數，不但是考古學家的最愛，也更是歐洲人的驕傲，因為除了古羅馬的競技場外，龐貝更代表了歐洲文明這麼早就傲然特立，雖然在東方已經是春秋戰國。

龐貝古城，在公元前五世紀已開始有市集，到被火山埋沒時已有兩萬五千人居住。公元七十九年八月廿四日被維蘇威火山爆發後埋掉，直到公元一七一〇年察覺，一七六三年起開挖，足足埋在地下一千七百年。迄今已被發掘整理出來，已供遊客參觀的地區約為全城的五分之三，就這五分之三的城區而言，已給世人帶來莫大的驚奇與讚嘆，因為這五分之三城區內已包括了主街、市政廳、祭壇、麵包工廠、酒廠、大量的壁畫與馬賽克磁磚、公共浴室、競技場、音樂廳以及妓院。

在已發掘出供遊客參觀的主街海之門開始處的石條鋪成的地上，深深的刻了一個路標，指示你要去的這個地方的行進方向。由於龐貝古城位處港口，是各地來往船隻及商賈的集散地，所以來往或經過龐貝的，自然有各國各種不同語言的人們：路標就必須任何人都能看懂，就好像對外太空的人或生物的訊息，必應是在一般生物的基本瞭解所及。因此為了方便任何外來客問路時雙方反而搞不清楚而更糊塗起見，就在地上刻了這個路標。這樣任何國家的尋芳客就有福了，因為這個路標，任何人都會看懂，而使他直奔目的地，絕對不會走錯。

冬天長西瓜？

秦始皇廢封建，改設郡縣後，在始皇三十四年（公元前二一三年）時因為討論封建制與郡縣制的利弊，引起博士（學者）的爭辯。丞相李斯認為，統一後的帝國，既已實施郡縣制，如再任由放言批評，則有礙推行，且對帝國情勢不利，而請秦始皇把各國的史書及詩書等百家著作，除了醫藥、卜筮、及農種書籍外，全部燒毀，並頒令此後「偶語者棄市（處決示眾），以古非今者族（九族皆誅）。」這就是焚書。

到了第二年，又發生坑儒。起源於方士說始皇不德，於是「又在咸陽坑殺文學方術士」（錢穆國史大綱）。

事實上所謂咸陽，只是泛指，因為秦的國都在咸陽（今西安附近），文士在首都咸陽批評而發生的坑殺，就廣義來說釋為「在咸陽坑殺」亦可。但是真正坑殺處，實際上是另有其地，漢衛宏著詔定古文官書序中，對此一事件有極令人驚悚的描寫。

書中說，秦既焚書，怕天下人仍不服從新訂的法律，就讓來咸陽的讀書人都給以官職（郎），總數約有七百人。另一方面，密令在冬天種植西瓜於驪山的坑谷中溫處，到西瓜長成，下詔博士諸生，要他們說出為何冬天會生長出西瓜。這些文士也許、可能，莫衷一是，始皇就叫大家去實地考察。並先在坑谷上埋伏了弓箭手。等這些文人學者都到了現場，正在相互討論時，萬箭齊發，並且將泥土從上而下倒填，「直到沒有叫聲為止」。這個地方就在新豐縣溫湯之處，叫愍儒鄉的地方。溫湯西南三里有一處山谷叫馬谷，谷的西岸有坑，就是坑儒之處。

現在你可以知道了，有名的唐明皇對楊貴妃賜浴的驪山華清池這一帶，以前曾經發生過什麼事。因此有一天你去西安旅遊，到華清池去享受溫泉浴的時候，如果在腳底或身旁碰到或踢到一些硬片或骷髏，你不但不必害怕，反而應高興，因為你是撿到兩千兩百年以上的國寶了。

尿尿女童

比利時因為有名的尿尿男童而大大的提高了它在世人心中的知名度，也連帶的讓大家知道它的首都是布魯塞爾。但是不知道為什麼，實際上布魯塞爾還有一個尿尿的女童，卻很少遊客知道她的存在，實在使人感到有點重男輕女。

你到布魯塞爾，當然會到布魯塞爾大廣場。廣場上那座最高尖塔的哥德式建築，就是建立於十五世紀的市政廳，也是布魯塞爾的地標。在市政大樓右側轉角有一座幸運女神，順着女神往下走去第三個街口，就是大名鼎鼎的尿尿男童，眾所週知。但是尿尿女童在那裡？

其實離男童不遠。她在廣場的另一側，那裡有一條街叫海鮮街，或稱屠夫街（BEENHOUWERS STR.）的裡面，另有一個尿尿女童的雕像，跟男童差不多大小，她叫珍妮，模樣可愛、逗趣。

你已看過尿尿男童小便的神情。那麼尿尿女童是怎樣尿尿的呢？叫導遊帶你去看了就知道。問題是：這個導遊知道在那裡嗎？也許要你來告訴他地點。

夜泊楓橋

「月落烏啼霜滿天，江楓漁火對愁眠。姑蘇城外寒山寺，夜半鐘聲到客船」。張繼這首題名為楓橋夜泊的唐詩家喻戶曉，敲響了蘇州寒山寺的知名度，連日本來的遊客都知道，寒山寺一定要去，因為如雷貫耳，何況當年張繼詩中寒山寺的那口鐘，早就被日本人偷去，現在已變成了日本的國寶。

鐘被偷運赴日是多少年前的事了，任誰也沒法子拿回來。但是張繼詩的題目是楓橋夜泊。寒山寺還在，楓橋還在嗎？

寒山寺正門前幾步路，橫跨在胥江上的古石拱橋應該就是了，因為眼前沒有其他的橋。你走近去看看，它叫江村橋。改了名字嗎？不是。那麼楓橋呢？拆掉了嗎？

都不是。你要沿胥江向右手方向走，大約二、三分鐘，你很快的就看到在運河上有一條經過改建的橋，比江村橋長，這才是楓橋。然後你走上橋，想像如果在橋下或橋左、橋右停泊你的客船，夜半鐘聲應是清晰可聞的。至於江楓漁火，確是都不見了。

——二〇〇〇年十一月一日，台糖雜誌一〇七卷九期副刊

烏衣巷口夕陽斜

七十二里半

太平天國末期，只剩一個被曾國荃團團圍住的南京城，後人對此，曾作了一副對聯，嘲諷感嘆，兼而有之。這副對聯是：「一統江山七十二里半，滿朝文武三十六行全。」對仗工正，意象確切。因為南京城牆週圍是七十二里半，而洪秀全帶領的多是農民與各行各業的平民，因此滿朝文武的原來職業，確是三十六行都有。

我在南京讀書的時候，為了求證上聯的準確性，曾經跟同學們在星期天從中華門出城，作繞城一週的徒步健行。我們十九、二十左右的同學一共八個人，從上午八點半出城開始，自備乾糧水壺，作中途不休息的城牆外繞行，到下午三點半左右回到原地，粗略估計，南京城牆（外圍）共長七十二里半（華里）應該準確。傻事做盡，莫此為甚。

上個月返南京參加母校二〇〇〇年同學會，攜內子偕行。中間有一天本要參觀近年新建設如長江大橋（以前是南來北往的火車分別在浦口及下關駛上渡船，渡過長江後，再分別自浦口北上或自下關南下。現在已建了長江大橋，南來北往的火車直接在橋上通過，便捷快速，至少省下一個小時以上）及蔡口機場（以前是只有明故宮機場，在城內，狹小不能容納需要三公里以上的長跑道來停放七四七以上的大型飛機，現在在中華門東南方五十公里之處一個叫蔡口的村莊建有同時可以起降多架巨無霸的機場，明故宮機場已廢除）。因為內子是第一次去南京，基本景點都完全沒有去過，所以捨棄同學會的安排，陪她參加觀光旅行社的「南京一日遊」，而去了中山陵、玄武湖、朝天宮、夫子廟、秦淮河，以及王謝故居等等名勝古蹟，我雖都已去過，但已時隔五十多年，籍此舊地重遊，也是一番滋味。出城後往中山陵的途中，導遊介紹到南京城牆，說：「南京城牆全長三十三點六七公里。」我一聽之下，立刻問道：「不是應該有三十六點二五公里嗎？」因為七十二里半是華里，一公里是兩華里。她說：「想不到有一個老南京在車上。你差點把我考倒。原來是三十六點二五公里沒錯。你知道南京城原來大小城門有百多個，現在有幾個城門已經被毀而拆掉了。把現有的各段城牆連起來時，就會發生兩點之間最近的距離是一直線的問題，所以變成三十三點六七六公里，而較原始長度減少了二點五七四公里，減少了大約五華里左右。」

所以現在應該說，南京城牆長度是六十七里半了。

中國月亮

談起斜塔，幾乎沒有人不知道意大利的比薩斜塔，而實際上包括比薩斜塔在內，全世界有八大斜塔，其中就有一座是在中國廣西省境內西南部的崇左，卻幾乎沒有人知道這個中國月亮。崇左地區是少數民族的區域，就是以前的扶綏，現在叫崇左。斜塔既在崇左，依照比薩斜塔因地名之的辦法，大家就叫它崇左斜塔。

崇左斜塔有幾點跟外國月亮不同。第一，它完全是中國式，略作方形，而外國月亮是圓的。第二，崇左斜塔不是一次完成，而是化了多少年慢慢加上去的，也許是這個原因，所以就變斜了。但是沒人去關心，如果倒了，也就倒了。

而比薩斜塔其實在一開始，就已發覺有點傾斜，但是用底部墊高的方法瞞過當時的統治者。後來日漸傾斜，慢慢的禁止成人上去參觀，以免大人體重增速其斜度，甚至出人命。但是兒童仍可上去。現在連小孩也不准上去了，而且每年都以無法目測的速度在傾斜。當局為了挽救這座古蹟，用盡方法想把它扶正，至少不再傾斜或減緩傾斜速度，否則不但古蹟完蛋，更重要的是每天成千上萬觀光客的門票收入飛了，那才是真正的大悲劇。扶正用了很多的辦法，其中最土也是最有效的一種是，用鋼索直接拉住塔的關鍵部位，盡力而為的用微量動力不斷的輕輕往後拉，因此震動力極小，但一直收緊。今年六月我去的時候，管理人員告訴我，去年（一九九九）已經拉回了十四公分。

這使我恍然大悟，為什麼有的事情還真的是外國的月亮比較圓。因為他們會盡其所能的，用最笨的辦法來做一件事情，也許最後仍然失敗，但總是盡力而為。

施耐庵紀念館

我國四大古典名著小說之一「水滸傳」，是施耐庵在元朝末年隱居海陵白駒場的時候寫成的，現在這部小說不但家喻戶曉，而且已名播全球，所以民間稱白駒場是「水滸傳」的搖籃，金聖嘆曾評選水滸傳是第五才子書，施耐庵的令譽可見一斑。

白駒場就是現在的白駒鎮，屬江蘇省大豐市所轄，但是儘管施耐庵名聞天下，在當地卻一直沒有像其他的文人雅士設有紀念性的場所，不但如此，連當地原有的施氏宗祠也毀於戰火而了無痕跡。

為了紀念這位大文學家，當地政府終於在一九九三年在白駒鎮設立了施耐庵紀念館，莊嚴肅穆的標準中國式圍牆大門，進門後在庭院正中豎立一座漢白玉的雕像。雕像後穿堂三進，左右配殿，半亭、碑廊交相輝映。館內陳列有施耐庵的生平介紹，有關的歷史文物，以及對施氏與水滸傳的考證，與研究等等，設館時間雖短，但已粗具規模，亦屬不易。

但是設館以後，卻引來想不到的困擾。原因是隔鄰的興化縣，認為當年白駒場屬於興化，要求移轉管轄。事實上設館地點已經在興化與大豐的交界處，但是問題仍不能解決，因為大豐市不願移轉。個中原委，其實也很簡單，因為參觀這個館要買門票，就有觀光收入。所以世界上的事，一談到錢，問題就複雜了。我則希望不要再爭。因為據說施是蘇州人，要是再跳出來一個人，當心三個和尚沒有水吃。

露出馬腳

在南京遊覽古蹟時，明故宮不會缺席。但是明故宮正殿已燬於戰火，只剩城樓，倒是當年明故宮的東宮，卻保存完善，因此現在去遊覽明故宮這個景點，實際上是去東宮參觀。

東宮原是朱元璋的馬皇后居所。朱元璋出身平民，馬皇后亦是土生土長，是一個大腳姑娘，但是當了皇后以後，一變而為宮廷貴婦，必須按皇室禮儀，接見女賓國戚。因此她的裙子特長，以免被臣下看到她的大腳，貽笑大方。但是百密一疏，總有不小心的時候，在因接見賓客而移步前行時，也曾被跪在地下的臣屬們看到了她的大腳，俗稱「露出馬腳」，即由此而來。

現在人亡物在，東宮依舊。只是現在的東宮正面宮殿，已交軍方使用，而可直通前面的馬路，圍牆門口警衛森嚴，閒人免進。一般遊客，只能從指定的邊門進出，而僅可在後殿略作觀光。事實上開放為觀光地區的東宮後殿，也已交由一家玉石公司所使用，遊客到達時，即笑臉相迎，不斷介紹玉石種類，辨偽的方法，與他們的真品，希望觀光客能買他們的商品。如果一整團的觀光客居然沒有一人買他們的商品時，那是白白的浪費了他們費盡口舌的時間，跟世界上各地的情形都一樣，最後臉色也好不到那裡去，而露出了馬腳。

——二〇〇一年一月一日，台糖雜誌一〇八卷一期副刊

紫綬縱縈爭及睡

牧羊大衛

米開朗基羅的雕像都是永垂不朽的名作，但是他名中之名的作品是少年時代的以色列國王：牧羊大衛。

到佛羅倫斯來的遊客不會錯過聳立在市政廣場上那尊高大的雕像。川流不息的人們，站在他的腳下基座旁搶着合影留念，幾乎沒有一分鐘讓他休息過。然後，你會被帶到亞諾（ARNO）河畔的米開朗基羅廣場，你又可與這裡的大衛再來合影。咦，這有點問題。到底那一座是原塑？那一座是複製品？因為兩者都讓你震懾不已：高大，君臨週遭的巍峨，與不可侵犯的真摯：一種無可言喻的鎮靜，儘管他充滿張力的雙手握住彈弓帶，正從容不迫的要給欺侮他的非利士人一記甩石。

兩個都是複製品。原塑本來聳立在市政廣場，但在風吹雨打裡經過了幾百年，才在一八七三年搬進了學院畫廊，開始過養尊處優的日子：定溫的溫度調節，適度的燈光，比每一分鐘都不一樣的日照或下雨天而言，使他的身軀更顯得高大、純潔。今年剛好是它五百歲的生日，容光煥發的臉龐，也更襯托出他那柔潤、但是感覺到又充滿彈性的胴體。週圍參觀的人，也都用專注與默然來讚嘆他的觀感：迷人的純真與沈着。同行的女兒說：「爸，你看他右手背上的青筋賁張，那種深藏的憤怒。」

聖經舊約撒母耳記裡說，面對巨人歌利亞，牧羊少年大衛從容不迫，左手舉起靠上左肩，抓住甩石的機弦，打中敵人的額頭。而在這以前，非利士人眼中的大衛是「年輕、面色紅潤，容貌俊美」而藐視他。所以可以想見，米開朗基羅是在這樣的印象中，在二十八歲時完成他的這個不朽之作（米氏在二十六歲時完成聖母慟子像，該像現存梵諦岡聖彼得大教堂，與他的另一個作品摩西像等都是驚世之作），而刻劃出大衛將成大人時的無懈可擊，無可言喻的少男的純靜。也有後世的人說，米開朗基羅滲進了男性對美少年的性的希冀與渴望，所以這尊雕像才成為不分男女，舉世讚賞的人體美的代表作，因為據說米開朗基羅是同性戀者。我個人對這種說法是嗤之以鼻：不知從何說起。

長城萬里

南京的城牆從熟知的七十二里半（華里），縮成現在的六十七里半；但是長城的長度，卻從最初的不到三千里，到現在已增加到真正的一萬四千多里了。

根據水經注的記載，在春秋戰國時代，北方的秦、趙、燕等國，因為面對遊牧民族「胡人」的南侵，分別築長城設防，燕國由河北的獨石口經遼陽以北，到朝鮮境內；趙國在山西北部、察哈爾西南部、到綏遠的河套；秦國則在陝西、甘肅兩省築長城以防犬戎。秦始皇統一六國以後，北疆的匈奴成了唯一的假想敵，而於始皇三十二年，派遣太子扶蘇與大將蒙恬率三十萬大軍北擊匈奴，攻略河套，並且把戰國時的燕、趙長城，一起加以修改連接，「西起臨洮，止於碣石」。總長變成五千餘里。臨洮就是現在甘肅的岷縣，碣石是現在北韓平壤南邊的碣石山。但是現在的長城，卻一直說是東起山海關，西迄嘉峪關。嘉峪關還可說，因為也在甘肅境內，差一點還好。但是山海關一說，則差得很多，我沒去過平壤的碣石山，不知道那種說法才對。

不過現在有了新的發展。因為最近發現，長城的東端是鴨綠江邊丹東的虎山，而西端也不是人們傳說認為的嘉峪關，而是新疆的羅布泊，如果這樣，長城的長度要多出五百多公里，加上新疆境內新發現的城牆，總長度已超過七千二百多公里。報導說，在甘肅玉門關以西的荒漠上，發現了一道半為沙礫掩埋的土牆，延伸為一條線，斷續向西連綿至新疆羅布泊北部，其中包括城牆、烽燧等，無論形制、規模，其建築方法明顯的與嘉峪關、玉門關等一致，只是在不斷向西延伸的城牆中，其建築材料漸少磚石，漸多蘆葦、紅柳等就地取材的東西。回過頭來再查閱史料，找到了公元前二世紀，為了確保絲路商旅往來的安全，漢武帝動用六十萬民工，自敦煌西至鹽澤，加修長城。鹽澤就是現在的羅布泊。而敦煌千佛洞壁畫上，也有這段西域長城的記錄。

因此，這段長城就更可以告訴大家：朝代雖異，中國人建長城則一。現在剩下的是：原先用「萬里長城萬里長」來形容長城的亙長，現在換算華里早已真正的超過萬里；如果能再把平壞南碣石這段發掘出來，那不但證明水經注的權威性，更可證明「長城外面是故鄉」的準確了。

鑄心聖地

莎翁名劇「羅蜜歐與茱麗葉」當年在倫敦首演時，不知道是因為陰錯陽差殉情的情節感動了觀眾，還是因為陰錯陽差的突然到場的女性女主角（這個詞好像不對勁。但是沒錯，以往演戲時不准女人上台的。如果需要女角的話，只能男扮女裝，跟中國人以往的舞台劇異曲同工）來演出的關係，而一鳴驚人，由此而很快的享譽全球。不過莎士比亞當年編寫此劇時，曾經考證確有驚天動地的其人其事，地點就在義大利的維洛那（VERONA）。因此到威尼斯、米蘭、或佛羅倫斯來的遊客，多半不會放棄這個近在咫尺的地方去憑弔一番，尤其是年青男女，不論是那個國家的，一定會專程來此，以見證、誓志對對方堅定的愛情。

現在身歷其境了，當然得仔細看看。依照我們在電影上所認知的劇情場景，先進入茱麗葉住家的圓頂拱門。哈！拱門已擠滿了人。幹嗎？爭先恐後的就在拱門的牆壁上，猛寫自己的名字，因為齊天大聖到此一遊。其實，那堵牆上被原子筆、簽字筆等等早已簽上了密密麻麻的，一層又一層，不知多少層的黑禿禿一厚片遊客的簽名；根本看不清楚誰是誰。而即使如此，大家仍不斷的往上簽，來表達他們宗教狂的朝聖心情。進了拱門，很快就看到茱麗葉的雕像立在住處樓下的院子裡，與她合影的人更人山人海，以表達衷心的仰慕之忱。然後，抬頭看那陽台，的確與我在電影「殉情記」裡看到的那個陽台一模一樣。可是，我找來找去，卻找不到從地面通往那個陽台的階梯。因為依照電影中看到的，應該是磚或石頭砌成的，斜斜的從地面一階一階的通達陽台。問管理人員，說：「拆掉了。」也不知道什麼時候拆的，或者原來是不是如我在電影裡看到的那樣。

酣睡名山

到西安去旅遊的人，大概都會去驪山華清池洗溫泉，但是華山雖然近在咫尺，恐怕很多人都沒去過，因為不是一般旅遊團所包括的行程。其實華山是五嶽中最高的（海拔二千二百公尺），崇山峻嶺，鍾靈毓秀，非常適合人們徜徉其中。而山中名人事跡，神仙故事，俯拾皆是。主要是由於許多朝代的建都都在西安、咸陽，歷史使然；當年古蹟，現成名勝。其中尤以陳摶的事蹟最為人樂道。

古時認為華山只有三峰。但現代遊者，則確認它有五峰：南落雁，北雲台，東朝陽，西蓮花，正中的一峰稱作玉女峰。五峰並列如花，現稱華山，是花的轉音。而宋代名臣寇準遊華山時，曾賦詩以「只有天在上，更無與山齊；舉頭紅日近，回首白雲低。」讚之，其崇高如此。

遊覽華山，須從華陰縣出發，別無二路。所謂「千古華山一條路」是也。由華陰南行到華山山麓，約三十華里，就到西嶽廟。廟前院西側有一株古柏，上面掛了一個牌子「老子牽牛處」，相傳周代時，老子騎青牛經過函谷，曾在此休息，這棵樹曾被他拴過青牛。再由西嶽廟南行，到谷口有一座建築，叫做玉泉院，就是五代名士陳摶所居之處。玉泉院建於宋代，是宋朝皇帝為陳摶所建。而陳摶就在這裡隱居修道，人稱處士，常常一睡數月不醒，後世譽為睡仙，即由此而來。院中假山怪石，繞以清泉流動，並有幾棵大樹，夭矯多節，葉細枝柔，傳係陳摶手植。

陳摶在華山有許多故事，以與宋太祖奕棋一事為最。據說陳摶與趙匡胤當年貧賤論交，到華山來玩，兩人就在華山下棋，那次趙匡胤連輸三局，還不肯認輸。陳摶說：「你還要下？

要有賭注。」想就此結束冗長的棋局。但趙匡胤好勝心切，又身無分文，就嬉皮笑臉的說：「就是這座華山嘛！」反正隨便說說，空話一句。據說還寫字據交給陳摶。陳摶明知道是胡鬧賴皮，但也笑着收下。結果這局趙匡胤又輸了，所以後來陳橋兵變，趙匡胤做了皇帝，君無戲言，從此華山居民就獲准免交一切租稅，而當地也從此流傳着「自古華山不納糧，皇帝老子管不着」的說法了。現在看來，如果這是真的，那這個故事真的很諷刺。一個根本是無賴作風的人，莫名其妙的黃袍加身，居然把這事當真，讓華山居民不納糧，這不是「皇帝老子管不着」，而是皇帝老子胡幹的好事！

言歸正傳，你現在去華山，過了玉泉院陳摶居處，前行經五里關，十里關兩處險隘山口。再南行約二里，有一小平坡，叫莎羅坪，坪上有一座莎蘿庵，據說趙匡胤即在此向已隱居山中的陳摶問道。而在朝陽峰（東峰）的後面，還有一座小山峰，峰頂上有一座鐵瓦亭，亭中有一個石頭棋盤，棋盤上擺著一副鐵棋子，就是趙匡胤在此處與陳摶下棋，而把華山輸給陳摶的。

陳摶，字圖南，號希夷，五代後唐人。在五代時曾去應試進士，後來悟道，棄名歸隱，並且寫了一首七律言志。這首詩後來被蘅塘退士選輯入「千家詩」題名「歸隱」，其詩如下：

十年蹤跡走紅塵，回首青山入夢頻。
紫綬縱榮爭及睡，朱門雖富不如貧。

愁聞劍戟扶危主，悶聽笙歌聒醉人。
攜取舊書歸舊隱，野花啼鳥一般春。

急流勇退，書生本色，值得欽佩。筆者亦藏有陳摶對聯景印本一付，曰：「開張天岸馬，奇逸人中龍」，筆力蒼勁，龍飛鳳舞，上有趙匡胤家藏書印章。原件係前任湖南省長，後任總統府國策顧問趙恆惕先生所珍藏，（宋太祖是否係其祖先？）據趙跋云，陳希夷先生有三奇，即人奇、事奇、書奇，並均予註釋。以張岳軍先生見其所藏陳摶真跡，說「原跡可藏之名山，但應予拓傳後世」而命其公子趙佛重遵囑拓贈友好，時為一九七〇年，惕老時年九十一高齡。我在台北市牯嶺街舊書攤得此景印拓本及惕老隸書跋言，可謂有緣，迄今亦已三十寒暑。而惕老在一九七二年仙逝，原跡諒亦已再傳後世矣。

——二〇〇一年五月一日，台糖雜誌一〇八卷九期副刊

不辨仙源何處尋

有家難歸

在前往參訪情聖茱麗葉的途中，在維洛那的一條街正中間，赫然發現一座似曾相識的銅像。走上前去仔細一看，可不就是但丁！我們才從佛羅倫斯參訪他的故居，還在他家門口拍了照片呢！他怎麼會在這裡？

但丁，因為寫天堂、地獄、人間三部曲總名神曲而舉世聞名的偉大作家，是佛羅倫斯人，因此他的故居也在那兒，每天吸引一羣羣的觀光客到他家門口憑弔，還有人在他家門的上面，插上點燃的小蠟燭與鮮花向他致敬。據說他神曲中描敘地獄的地方，之所以使讀者動容，是因為他在羅馬圓形競技場中高高的座位上，看到場中奴隸與犯人，被統治者命令放進場去的獅子所吞噬時的哀號與血濺四座那種慘不忍睹的情形，而寫出的人間地獄真相，描寫深刻所致。但是這樣一位偉大的作家，卻因不容於當時佛羅倫斯的統治者，而反被維洛那的統治者所網羅，因而就此一直住在維城，到老死都不能返回佛羅倫斯。

中外古今每人都希望落葉歸根，而有人偏偏不能，這是終生恨事。其實舉世人物，葉落不能歸根的人很多，像諸葛亮生於山東，卻骸遺西蜀；于右老在寶島凋謝，也只能灰散大海。亂世之中，苟全性命已屬不易，身後之事，也就難以兼顧了。

蓬萊仙島

去濰坊探親，須經青島。老同學來接機，說：「有兩天在青島，那可以去嶗山了。」就去了嶗山。

嶗山在青島東方二十公里處，自古以來，就被視為仙山，到處風景，美不勝收。傳說秦始皇為求長生不老之藥，曾在嶗山頂峰看到了海裡的蓬萊仙島，就叫徐福前往，後來徐福也是由嶗山南端入海。實際上當年秦始皇看到的所謂蓬萊仙島，現在我們一般人也可看到。你從嶗山南麓的沙子口登山，穿過茂密的松竹，環繞的峻嶺，以及眾多的蘋果、水梨果園，經聚仙宮煙雲澗等而上，而達礡塔嶺。在礡塔嶺上遙望東南大海中，隱隱約約可看到塔連島，這就是秦始皇認為是蓬萊仙島之處。白居易詩長恨歌：「忽聞海上有仙山，山在虛無飄渺間」，雖然寫的是唐明皇與楊貴妃的故事，但是背景是據此而來，極富朦朧之美。

（台灣曾有人以「山在虛無縹渺間」這句詩為燈謎，打台灣一地名。答案是：霧峰。也很貼切。）

嶗山又是道教勝地，山上山下都是道教觀、宮，佛教寺廟則絕無僅有。蒲松齡的「聊齋」中有好幾個章回的艷遇，曾以這裡的太清宮為背景，因為蒲曾在此駐足。美中不足的是，太清宮進門的第一個大廳，居然在四面牆壁上洋洋灑灑的刻上令人側目的「建宮史」，詳述與某一佛寺爭奪此地，纏訟數十年的經過，最後道教獲勝，釋門敗退，而興建此宮。對道教的教友而言，這可能有勵志作用，但對更多的一般觀光客而言，卻有點不是滋味。因為佛教傳入中國以後，受儒家思想的影響，已經「儒化」，幾已佛即是儒，儒即是佛。而道教亦為中國傳統哲學思想之一，亦源自春秋。因此中國人的思想體系，不論古今，實際上都是內道外佛（儒），應該是彼此相輔相成，而非壁壘分明。

夢圓古堡

每次去歐洲，常常古堡近在眼前，卻都擦肩而過，無緣相識。因此，總盼望有機會去參觀一下，更夢想能在裡面住一晚。

機會終於來到，而且正好又不是英國的古堡。一九九七年四月，長女回國看我，就一起去歐洲。為了配合她來去匆匆，所以就參加了旅行團以控制時間，保證如期返回。回國前一天是自由活動，父女倆要看古堡，大家都願跟我們同行，於是領隊乾脆親自下海，帶了原班人馬，租車南下，到古堡林立的羅亞爾河流域探訪。

羅亞爾（LOIRE）河流域全長一千多公里，古堡多集中在中下游的一百二十公里這一段，大大小小有一百六十八個之多，是法國古堡最多最密的地區，多是中世紀英法百年戰爭後與歐洲文藝復興有關的建築。所以今天我們所稱的古堡（CHATEAU）這個字，只能顯現出它的部分意義，實際上可有很多解釋，如皇宮，行宮、大宅、官舍、農莊，堡壘等等，也有的酒坊、要塞，關隘等也叫這個名稱。

一天絕參觀不了那麼多的古堡，所以我們在台北的時候，就在電腦的資料裡選出最喜歡的幾個來參觀：香波（CHAMBORD）、雪濃梭（CHENONCEAU）、與亞瑟麗都（AZAY-LE-RIDEAU）等三個古堡。巧的是，三個都曾是法皇法蘭西斯一世的狩獵行宮，但是各有巧妙不同。香波古堡最大而華麗，是大名鼎鼎的達文西所設計的文藝復興式的建築，內有四百四十個房間，最引人入勝的是仍有十五世紀哥德式遺韻的迴旋樓，由下而上的人與由上而下的人各有各的梯道，可完全互不干擾的欣賞樓梯周圍的裝飾藝術。而在角樓裡二樓有一個房間，是法蘭西斯的寢殿，其中一面玻璃窗上，居然還有他留下的一句話：「女人都是多變的」。而雪濃梭古堡則以它的浪漫深扣人心。它的浪漫在外型，也在身世。十五世紀以前，這裡原是一處莊園和磨坊，由一個稅務官買下蓋了這個堡，其後落到法蘭西斯之手，成為他除香波以外的另一個狩獵城堡。後來兒子亨利二世繼位，在皇后凱賽琳與另一個女人黛安娜之間糾纏多年，並且由這兩個女人先後經營，增建了許多美輪美奐的建築，包括著名的河上長虹。至於亞瑟麗都古堡，則在英德爾河（INDRE）中的一個小島上，L型的殿宇以河水為屏，倒影如畫。我們沿水邊繞堡一週，才瞭解古堡不一定要大而華麗，玲瓏之美又是一格。四角線條優雅的角樓，幾乎是香波與雪濃梭兩者混合的產品，另有一種風格，但外梯則與前兩座古堡又完全不同，直上直下，各有巧妙。

而更喜出望外的是，當我們在下午兩點遊完三個古堡回到車上，要返回旅館時，領隊以非常抱歉的口吻宣佈說，今晚原定的旅館，因為離阿姆斯特丹機場太遠，明晨上飛機不方便，現在找到一個離機場較近的旅館，稍微鄉下一點：不過保證是歐洲設備最好的旅館。我們姑妄聽之，沒有什麼意見。車子開了四個多鐘頭，終於到達。我下車一看，真是「踏破鐵鞋無覓處，得來全不費功夫」。因為我夢寐以求在古堡住上一晚的願望，竟然天外飛來！

這個旅館叫做馬奇德古堡（CHATEAU MARQUETTE），是在阿姆斯特丹西南約三、四十公里，快近海邊的一個叫海默斯柯克（HEEMSKERK）的農莊裡。森林蔽天，圍繞着一個方方整整的小城堡，四面是小小的護堡河，上面架了一座吊橋，是連接這個小城堡的唯一出入口。橋外有一條筆直的小路，碎石鋪面，連接遠處的鄉村公路。在城堡裡，跟大門相對的後城牆的譙樓上，是一座連接到轉彎處的一座教堂，一羣銀髮族的男女天主教徒，穿著神職衣服，在做晚禱，琴聲遠揚。那種感覺真有「此曲只應天上有，人間那得幾回聞」的脫俗、恬靜的意境。

飯後我們在堡內堡外流連不捨的來回散步，參觀，雖然夜幕低垂，仍意猶未盡。奈何已經深夜，只好返房就寢。而房間的寬大，內部設備的齊全、高級，真的是任何歐洲的旅館都比不上的，才知道領隊還真的沒騙我們，大概他原以為住在這樣偏僻的鄉下，大家會抱怨而還抱歉連連。我則是意猶未盡，第二天一早就起來，約好同團的另一個男士就再去堡內堡外幾乎每一吋的地方，才回來盥洗，因為這輩子可能不再有機會再來。然後進餐廳吃早點，把全世界最好的鮮奶——真正的荷蘭鮮奶喝了個夠。在離開餐廳後，心滿意足的問櫃台的人，這樣的房間，如果我們自己個別來，住一晚要多少錢？回答是：二百五十元荷幣。折算一下，大約是台幣三千八百元。如果有機會，我還要再來！

當然不一定每一個旅客都會跟我一樣的快樂。因為有一個女團員在旅館門口等車時，善意的怪她同房間的女伴，晚上洗澡把盥洗室弄得全都是水而不擦乾，害得她半夜起來上洗手間都走不進去。（歐洲的旅館有一個「特點」：洗手間地面通常不設出水孔，如地面弄到水，必須自己把地面擦乾，否則腳上會濕。）可是她的同伴說，昨天太累，根本沒洗澡就睡了，聽到你自己半夜在洗澡，水聲很吵，還怪別人。這使大家都有點發毛了。去問櫃台，櫃台問是幾號房間，告訴他是幾號後，櫃台的人停頓了一會兒，低低的說：幾個月前有人睡這間時，也聽到有人洗澡的聲音與濺水。問他以前這個古堡是什麼地方，什麼人所有？他聳聳肩，說：是一個地主的莊園，住的是莊園的主人。

還要不要再來住一晚？誰說只有英國的古堡怪怪的？

此情不再

上有天堂，下有蘇杭，所以蘇杭是人間天堂。姑蘇城外寒山寺，南屏夕照雷峰塔。雷峰塔要重生了，但是不知道是該高興，還是應該傷感。

到杭州一定遊西湖。西湖十景，遊客必讀。但是其中最知名的雷峰夕照，卻是在七十六年以前雷峰塔倒塌以後，一直是虛有其名，只能憑弔遺跡。現在為了配合觀光事業的發展，決定重建，並且已經整理廢墟，開掘地宮，很快就可動工復舊。

即將重建的雷峰塔，是由清華大學設計，將在原址以鋼結構重新打造，塔形為磚身、飛簷，平座的五層樓閣式，完成後雷峰夕照的景觀也將恢復。

已經倒塌的原塔，原位於西湖南岸現稱為夕照山的最高峰雷峰的頂上，是公元九七五年由篤信佛教的吳越國王錢鏐（弘俶）為王妃黃氏賜建，原名黃妃塔，並有碑記曰：「諸宮監尊禮佛螺髻髮，猶佛生存，不敢私秘宮禁中，恭創窣堵波於西湖之滸，以奉安之。始以千尺十三層為率，爰以事力未充，姑從七級，鐫華嚴諸經繞八面，塔名黃妃。」所以原來是要建千尺高的十三層塔，因為經費不足，改建為七層。

這個塔的形狀在全國名塔中獨異其趣，塔為八角（方）形，每面寬十八步，飛簷畫角，金碧莊嚴。門開八面，塔基砌以紅石，上為紅磚黃瓦，中柱為菱形，孤標獨立。每當夕陽西下，塔影湖光，相映成趣，雷峰夕照，即由此而來。宋王洧詩：「塔影初收日色昏，隔牆人語逐甘園。南山遊遍分歸路，半入錢塘半暗門」，描寫城外人家，夕陽中全被塔影籠罩，美不勝收。而到元明間塔基下陷，只餘五層，然後在嘉靖年間，又毀於戰火，僅存磚造塔身。最後在長年自然朽壞與人為的破壞下，終於在一九二四年九月二十日倒塌，當時在塔內取出五代時經卷八萬四千多卷，極為珍貴，但塔身迄今一直沒有修復而美景不再。這次為了重建，先整修地宮，把蓋在地宮上面，重達七百五十公斤的巨石吊起，又發現了不少國寶級的佛經、佛教文物、與盛裝碑記中所稱「佛螺髻髮」的容器，寶物就在其中。

現在令人感傷的是，千百年來家喻戶曉，令人潸然淚下，硬生生被法海拆散夫妻，被壓在大石下，令人無限思念的白蛇白娘娘，卻在那塊超重的大石掀開以後，永遠的消失了。就像一九六九年七月二十日美國太空人阿姆斯壯登陸月球那一小步後，雖然人類歷史就邁出了一大步，但是中國人從此就全部失去了令人憧憬的伐桂吳剛與悔恨交織的奔月嫦娥一樣，美好的故事與思念，千百年來曾經帶給我們以希冀、期盼、美好感覺的內心世界，我們不再擁有，永遠的失落了。

——二〇〇一年八月一日，台糖雜誌一〇九卷三期副刊

蓬萊宮中日月長

褪色琉璃

林語堂在他的「瞬息京華」（MOMENT IN PEKING、亦譯京華煙雲）裡，對北京那種愜意的生活方式與態度，曾經讚賞有加。一九四五年我初履北京時，雖然與林語堂當年所描述的已有了差距，但還是留着濃濃的那種味道。但是到了二十一世紀開始，即使在很遷就的體諒下，仍然找不到當年北京的那種氣息：它褪色了，褪得很快，很徹底；除了沒有拆除的宮殿與它有關的建築，不論人們的口音與談吐，幾乎已快完全感覺不出它當年的那種味道於萬一了。

今年六月，我重訪北京。特別先去正陽門車站，憑弔這個五十幾年以前曾在這裡珍重道別的地方。熙熙攘攘的車站早已遷走，留下的只是已成古蹟的，空洞的建築物，以及茫然的回憶。在即將再闢建第五外環道的今天，連第一外環道都早已是市中心的一部分了，當然不能再在市中心區找到火車。那麼，琉璃廠應該更熱鬧了吧？

不見得。以前不論是北京人，或是來北京的遊客，都喜歡逛廠甸。廠甸，就是琉璃廠的舊址。當年琉璃廠是專為皇宮燒製五色琉璃瓦而出名。後來因為污染太重，就遷到郊外，留下的這塊房地，仍叫它琉璃廠，而在乾隆年間就已逐漸變成古董、書籍、字畫、碑帖、南紙等文物古董市場，而且規模都很大，種類也多，相沿迄「今」。當年我慕名而去的時候，還有很多宋、明各代的珍本書籍，甚至還偶有五代以來的字畫、對聯、碑帖、文房四寶。其中著名的老店有魏長青的八寶印泥，胡開文的徽墨，榮寶齋的箋譜等等，都名滿京城，被及全國。許多學生跟愛讀書的人都躑躅在空地上，尋找或閱讀他想要的舊書，更有很多外地來的尋寶者共襄盛舉，所以人頭攢動，盛況不斷。但是這次去，幾乎沒有人提起。告訴計程車去琉璃廠，還要加說一句「就是和平門外賣古董文物的廠甸」，在司機「喔，您還要去那兒喲！」的訝異中，來到這個似曾相識的地方，卻幾乎看不到有人在那裡走動。地上的舊書攤，一個都不見了。至於店鋪，很多的店號幾乎都不見了，反到是榮寶齋的店名，在這一條短短「僻巷」中有了大大小小七八個同名的招牌。看來既然在這裡混日子，也不再會有誰出來說「我才是，你不是」，既然真的店主早已不知去向，也就誰都可以分一杯羹了。實際上這杯羹也早不是以前的品味了，如果有人上門，也不是當年的內行人。而且，我也沒看見有多少人在這些店鋪內外走動。是過了書市時間嗎？還是天氣太熱？也許是，也許都不是。我不知道。因為當我一家家走進去參觀的時候，裡面的文物既少得可憐，也沒見到任何一個除我以外的訪客。當然，除了其中一家有店員在櫃台裡以外，也沒有在其他任何一家看到有人在那兒。也許裡面有人，但至少在店堂裡沒看到。

這就是二〇〇一年六月下旬我所見到的琉璃廠。它褪色了，變成了黯淡，無光的琉璃。同樣的，北京其他原有的舊東西，例如，正陽門，跟它當年的車站以及其他一些原有的東西，在突飛猛進的現代化新建設下，在二〇〇八奧運所在地的要求下，只在紫禁城午門外看到因為三大男高音演唱會留下的滿地垃圾外，那些對新的建設沒有幫助的舊東西，全都褪了色，而且褪得很快，相信很快就會全部不見了。

華清餘韻

關中除了是自古以來兵家必爭之地外，更是名勝古蹟薈萃的區域。而驪山的華清池也數盡繁華，既是震驚中外的西安事變的發生地，更因唐玄宗賜浴楊貴妃而名聞邇遐。華清池距西安市三十多公里，由西安東行過灞橋後就是臨潼縣，南倚驪山，北臨潼水。驪山在城南一里左右，它的北麓有兩大景點，一是秦（始皇）陵，一是華清池溫泉。

華清池溫泉實際上在秦始皇時代就已開發，當時砌石築屋，原名神女溫泉。漢武帝時再加修整，到唐玄宗開元十一年（公元七二三年）擴建為溫泉宮，天寶六年（公元七四七年）改稱翠青宮，後來再更名為華清宮，規模更大，修有長生殿，集靈台等宮殿，並建造各種等級的溫泉浴池，稱為湯，包括一般臣下用的男大池，皇家浴池，皇帝專用浴池，以及貴妃池等，目前均已不予供水，僅供參觀。（旅客用溫泉，另有浴池）貴妃池是楊貴妃專用，皇帝賜名蓮華（花）湯，以目測估計，池底約在地面下三公尺左右，池底及四週都是用整塊大石條砌成，池底長約五公尺左右，寬約三公尺左右。池底一邊的中間有一圓孔約直徑三十公分（一尺）左右，是排水（溫泉）口。池底四週上達逐漸擴大，建有一級一級的石階上下，至第三階與排水口同一邊兩側，各建有一個約直徑十五至二十公分的較小圓孔，以為進水。研究之下，與台灣北投、陽明山，台東知本等溫泉之構建原理異曲同工。當然，整個池上尚有宮殿構蓋。當時唐玄宗每年十月前往駐蹕，歲盡始返長安。白居易「長恨歌」詩中「春寒賜浴華清池，溫泉水滑洗凝脂，侍兒扶起嬌無力，始是新承恩澤時。」可說描寫得生動如見，淋漓盡致，同詩另兩句「七月七日長生殿，夜半無人私語時」，也處身設地的道盡了一國之尊的兒女情長，不讓芸芸眾生專美。

根據史傳，楊貴妃在安（祿山）史（思明）之亂時，由唐玄宗攜帶西逃，但在到達西安以西一百三十里的馬嵬坡時，六軍「不發」，認為國家如此，全因楊貴妃及其兄楊國忠受玄宗專寵誤國，要求把楊貴妃兄妹就地處決，否則不肯保護玄宗西逃。玄宗只好就在馬嵬坡先後賜死楊國忠及楊貴妃。這是天寶十四年（公元七五五年）的事，現在馬嵬坡上就有楊貴妃的墓。

但是今日尚少遊客專程來馬嵬坡憑弔，有者多係順道看看。因為一坯黃土，碑石殘破，荒煙蔓草，景況悽涼，並不起眼。

不過在經過一千兩百多年以後的二十世紀，卻有一件大家意想不到的事發生了。那就是在一九六三年時，大陸上來了一名日本中年婦女，在電視上發言說，她是楊貴妃的後裔，並且公開展視了她的祖先家譜。

根據她的說法，當年唐明皇軍中要求處死楊貴妃，當然絕非玄宗所願。但是如不予處死，無法挽救軍心，就想出一個辦法，把宮女中身段高矮長得類似楊貴妃的一個人，予以處死，而真正的楊貴妃，則由唐明皇交給日本駐長安使節深夜護送反向東行，最後抵達東瀛。有名有姓，言之鑿鑿。

這次再訪西安，在與老同學同遊華清池途中，承這位退休的歷史學教授告知此一事件，是真是假，不得而知，但卻使我不由一怔。因為回頭再看白居易長恨歌後段中「忽聞海上有仙山，山在虛無縹緲間……昭陽殿裡恩愛絕，蓬萊宮中日月長」尤其詩中「馬嵬坡下泥土中，不見玉顏空死處」之句，則若有所悟。因古人對日本的描述，多是海上仙山，蓬萊日月，而統稱東瀛為蓬萊仙島。事實上自秦以降，已有許多人前往日本，定居終老。而後面兩句，則更若有所指。是否在白居易撰寫此詩當時，已有所傳聞？按白居易為唐憲宗時進士，唐憲宗治國二十年，自公元八〇六年至八二五年。是時距楊貴妃事不過六、七十年。白居易大可在寫長恨歌時，把方士遇見楊貴妃的地點寫在任何別的地方（例如終南山，或長江巫峽等都是極富想像的地方），而偏選在「海上仙山」，是極有可能將未能證實或不便證實的傳聞真真假假的予以虛擬化，而不必負「造謠」的責任，也有很大的可能。詰之學長，相視撫掌。所以現在有此一說，我們也願意姑妄聽之，而姑妄記之了。

附記：本文草成後，適有文友定期餐敘，試各述近況。乃將此提出餘興，即有友對曰，在卅年前已有人提出此事，亦疑長恨歌中句。特予列出，俾不掠前人之美。

——二〇〇一年十一月十六日，台糖雜誌一〇九卷十期副刊

金石翰墨皆文章

書畫豫園

現在旅遊江南，必經上海，因此必遊上海。不過上海的旅遊景點，跟大陸其他的文明古都相較，可說不值一談，因為它能有今天這樣的興盛發達，也不過是最近百餘年的歷史。只是因為海禁開通後位居要衝，陸海交通便利，腹背資源豐厚，所以發展迅速，現在又有空運，致前途更不可限量。對日抗戰前後全市人口八百多萬，現在人口有戶籍的一千七百多萬，而全國各地來此謀生未設戶口的「盲流」，估計另有六、七百萬。但是都市雖大，人口雖多，文化古蹟名勝卻寥寥可數，勉強看看，也只有幾個寺廟如玉佛寺，龍華寺，靜安寺，城隍廟等幾處。但龍華寺在郊外，靜安寺原以湧泉出名，現已枯竭。玉佛寺的佛與寺都不起眼，只有城隍廟尚在，也不過與北平的天橋，南京的夫子廟類似，早年攤肆林立，現在也差不了多少。倒是與城隍廟毗連的豫園，卻是幾乎沒有文化氣息的上海市中唯一勝景。說豫園是上海唯一勝景，是因為這是一個百分之一百以人工砌造的庭園，所以對鱗次櫛比的大商業都市而言，是文化荒漠中最大的甘泉。因此與其他原有很多名勝古蹟，再雕砌人工園林的江南都市如蘇州的拙政園，無錫的蠡園等相比，就更彌足珍貴了。

從城隍廟出來，旁邊有一個大池塘，走過上面的九曲橋，就到了豫園。

豫園始建於明朝嘉靖年間，佔地三十餘畝，原是當時四川布政使潘允端的私人花園，潘希望父母親能愉悅的安享晚年，而購地興建此一庭園，古時「愉」「豫」相通，而取名豫園，迄今已有四百多年，歷盡滄桑。最近一次修葺在一九六一年完成，隨即開放迄今。所謂歷盡滄桑，包括相傳在砌造圍牆上之盤龍時，雕為五爪。但非皇宮，只能四爪，而遭密告其謀反，此說口耳相傳，未知確否，但同學帶我遊園，走近龍牆，確見現存四爪，但另一爪以人工除去之痕跡具在，確係事後移走。究竟如何，姑妄聽之。

豫園分為東西兩園，東園以假山怪石見勝，西園則重建築花卉。設計精巧，佈局細膩，以清幽秀麗，玲瓏剔透見長，具有小中見大的特點，體現了明清以來南方園林建築的藝術風格，自始迄今都被譽為「名園奇秀，甲冠東南」。園中樓閣參差，山石崢嶸，林木蒼翠，令人有一步一景，移步換景之感。其中香雪堂前，有「玉玲瓏」石，相傳為宋宣和時古物，在運渡浦江時遇狂風覆舟沈沒，後人在江中綑起，見石上鐫有「玉華」二字，乃成滬上有名的古董，後為潘允端購得置於園中，並為築「玉華堂」。園中並以梅花聞名，以往在春節時均舉行梅花園會，觀賞者不絕。

而也因為梅花園會之故，騷人墨客雲集，在明代時著名的書畫家王百谷、董其昌、王世貞、莫是龍等就在豫園賦詩題額，寫字作畫。清道光年間，園內有萍花書畫會，題襟館金石書畫會等雅集，任伯年、虛谷、蒲作英等畫家曾在園中居留。宣統時高邕、楊逸、錢慧安、王一亭、吳昌碩等在豫園得月樓組豫園書畫會，長駐園中創作書畫，舉辦展覽，餘韻流風一直延續迄今。近幾十年來，此一鬧中取靜，古樸典雅的名園更成為上海書畫家切磋書畫藝術，展示中國海派書畫藝術的代表場所，沈尹默、吳湖帆、謝稚柳、吳青霞、唐雲、豐子愷、劉海粟等名家更在豫園常年雅集，潑墨點彩，吟詩作畫，為豫園留下了珍貴的墨寶。目前豫園管理處已收藏了清、近、現代的名家書畫千餘幅，直追故宮三代收藏，益增豫園深度，相得益彰。去年十二月，豫園當局應台北國父紀念館之邀，曾在該館展出豫園部分收藏，包括趙雲壑的篆書，黃葆戊的隸書，厲國香的楷書，沈尹默、吳湖帆的行書，謝稚柳的草書，王蘧常的章草等書法；及王個簃的花卉，江寒汀、黃幻吾的山水花鳥，關良的水墨人物，吳青霞的鯉魚，以及陳蓮濤的富貴長壽（牡丹）等國畫；共五十幅，琳瑯滿目，集近代海派書畫之大成於台北供賞，一時驚為觀止。其中吳青霞之鯉魚，筆者有緣亦藏有一幅，係其一九四九年（已丑）所作，為設色雙鯉，較此次展出者尤工。吳自題「雲海飛騰欣此日，龍門變化待他年，已丑冬十月中浣（每十日為一浣）龍城女史吳青霞寫」。吳青霞，（一九一〇—）本名德舒，別號龍城女史，又署篆香公主，江蘇常州人，尤擅鯉魚、兼工仕女、清雁、及松樹。

桂海碑林

桂林山水甲天下，陽朔山水甲桂林。去桂林遊覽，當然以在灕江中一葉輕舟，左顧右盼美不勝收的觀賞桂林至陽朔間的水秀山奇是第一要事，然後再看岩洞奇蹟。可是，很多人錯過了桂林另一最重要的寶藏：桂海碑林。

中國大陸有好幾個碑林，其中最著名的是西安碑林與桂海碑林。前者主要是以古代經典名著予以勒石的廟堂文學，像一本正統的內容浩瀚的歷史、文化教科書，博大精深；而後者則是無所不談的一本興味盎然的小品、散文雜誌，包括「某某到此一遊」等在內，輕鬆雋永中另見城府。

之所以稱為桂海碑林，是因為桂林的碑刻都是「磨崖石刻」，就是在山石上磨平直接鑿刻。而這種磨崖刻石分佈在市區及市郊的二十餘座山上，可說無一處無磨崖石刻。而桂林這個地方，以土地的組成來說，是八山一水一分田，幾乎到處是山，既然山石無一處沒石刻，就自然變成幾乎全市都是碑林了。當然，這些碑刻主要還是在龍隱岩、龍隱洞，以及部分不在磨崖上面被蒐集集中於碑閣收藏的碑刻。所以從一九六〇年以後，就把這幾處總名之曰桂海碑林，而尤以龍隱岩的石刻最為重要。其中包括米芾與程節的「贈答詩」，石曼卿「餞葉道卿題名」，黃庭堅的「五君咏」，以及蔡京的「元祐黨籍」等碑刻，都是國寶級的大師書法，難得一見。其中尤以蔡京的「元祐黨籍」碑既為碩果僅存的蔡京書法，更是歷史重要事件的見證，不禁留連良久，感慨系之。

史冊列述，宋神宗趙頊熙寧二年（公元一〇六九年），宰相王安石推行新法，因觸及地主豪紳的既有權益，遭到了以司馬光為首的保守派（史稱舊黨）的強烈反對。到了元豐八年（公元一〇八五年）宋神宗逝世，由哲宗趙煦繼位，更年號為元祐。但哲宗繼位時年僅十歲，由支持司馬光等人的祖母高太皇太后聽政，並召司馬光主政，而盡廢新法，排除新政派。到了元祐八年，哲宗已十八歲而自己親政，重行推行新法。但是哲宗親政了六年就逝世，由其弟徽宗趙佶繼位，而起用蔡京為宰相，（後來並任太師）。蔡京掌權後，為了排除異己，打擊元老勢力，以鞏固其地位，而在崇寧四年（公元一一〇五年）以恢復王安石新法為名，把司馬光、文彥博、蘇軾、秦觀等為首的三百零九人列為「元祐奸黨」，並由蔡京親書碑文，由徽宗下詔全國郡縣勒石（刻在碑上）以昭告天下，意欲使這批「元祐黨人」遺臭萬年，永世不得翻身。可是在全國刻碑後第二年，天上出現彗星（掃帚星），徽宗認為是不祥之兆，就下詔毀碑，馬上全國各地的元祐黨籍碑被全部毀掉，而直到南宋高宗趙構（公元一一二七年至一一六二年）時才予昭雪，而被列名於元祐黨人的名譽才得以恢復。後來南宋寧宗趙擴（公元一一九五至一二〇〇年）慶元年間，靜江府（今桂林）司理饒祖堯與原被指為「元祐黨人」梁燾的曾孫梁律交往甚密，談及元祐黨人事件，梁出示毀碑前拓本，非常感慨。

於是在慶元戊午年（公元一一九八年）將元佑黨籍碑文再予摩刻在龍隱岩石室，以褒揚所謂的「元祐黨人」。據專家考證，這件元祐黨籍碑確是蔡京的書法。蔡京的書法在北宋很有名氣，他的小楷秀麗典雅，大字筆勢遒勁。但因此人人品不好，缺少德行，而被時人稱之為「六賊之首」，且被列入「宋史・奸臣傳」中，歷代的正派人都很討厭他，書法界也把他摒棄於外，因而他的書法傳世不多。但若以書法論書法，蔡京的書法是有他的地位的。這件元祐黨籍碑是我們現在所能看到為數不多的蔡京書法中的稀有作品，相當難得。

由於「元祐黨籍」碑上所列的都是當時名重一時的名流，因而格外受到後世人的珍視。明萬曆間詩人羅作有感而賦詩云：「元祐由來五百秋，黨人姓名此間留，中衰宋室匡修定，貝錦讒言潛不休。岩石堅剛勝竹帛，薜蘿掩覆若金甌。賢良自是流芳遠，追貶徒勞奸佞謀」。而清末康有為在參觀後亦感同身受地予以題記，說：「……后之觀者，亦不必以黨為諱矣」。

——二〇〇二年二月一日，台糖雜誌一一〇卷三期副刊

——以上各篇選自師範散文集「夜讀雜記」，二〇〇四年八月文藝生活書房出版

後記

承宋總經理之邀，由秀威出版我的散文選集，深感榮幸。因此我花了不少時間，幾經考慮，選出了這幾篇，請大家指教。

我文學生活的主要場域是小說，散文的數量較少。但是這一個少，都是在雜誌編者的督促下完成，因此不能信手拈來，而是在一個大範圍內，就我力之所及予以經營，所以基本上也是一種Elaboration。

因此在這本選集裡，我選了這三個不同時空場域經驗的作品。第一個場域是「思想散步」，就我三十歲左右的人的思想，以半嘲諷體（Semi-Ironical）的用筆，表達個人對人生的哲學觀。第二個場域是「夜讀雜記」，就我五十歲左右的人，對當時在許多國外報章雜誌上的報導或評述的一些永遠難以解決的事件的感想與反思，公諸同好探討。第三個場域則是在我伏案勞形之餘，以野鶴閒雲的心情，走訪中外重要的古蹟名勝之後，獲悉並深入瞭解與之有關，但是前未之聞，令人警惕的另類註釋。重要的是，雖然這三個場域在時空上相距四、五十年，但是這些心得與感知，卻未曾因時過境遷而歷久彌新，應該不會浪費大家的時間。

與宋總經理相知多年，就不再多謝了。但是這本書的出版，偏勞秀威設計部張經理慧雯、出版部林經理世玲兩位小姐在百忙中抽空鼎力相助，以及設計部陳佩蓉小姐為我設計出最好的封面，深為感激，特致謝忱。

二〇一〇年三月七日於台北寓所

語言文學類　PG0364

師範散文選

作　　者 / 師　範
責任編輯 / 林世玲
圖文排版 / 張慧雯
封面設計 / 陳佩蓉

發 行 人 / 宋政坤
法律顧問 / 毛國樑　律師
印製出版 / 秀威資訊科技股份有限公司
114台北市內湖區瑞光路76巷65號1樓
電話：+886-2-2796-3638　傳真：+886-2-2796-1377
http://www.showwe.com.tw
劃撥帳號 / 19563868　戶名：秀威資訊科技股份有限公司
讀者服務信箱：service@showwe.com.tw
展售門市 / 國家書店（松江門市）
104台北市中山區松江路209號1樓
電話：+886-2-2518-0207　傳真：+886-2-2518-0778
網路訂購 / 秀威網路書店：http://www.bodbooks.tw
國家網路書店：http://www.govbooks.com.tw
圖書經銷 / 紅螞蟻圖書有限公司
114台北市內湖區舊宗路二段121巷28、32號4樓
電話：+886-2-2795-3656　傳真：+886-2-2795-4100

2010年5月BOD一版
定價：200元

國家圖書館出版品預行編目

師範散文選 / 師範著. -- 一版. -- 臺北市：
秀威資訊科技, 2010.05
面； 公分. -- (語言文學類；PG0364)
BOD版
ISBN 978-986-221-463-3(平裝)

855　　99007214

讀者回函卡

感謝您購買本書，為提升服務品質，請填妥以下資料，將讀者回函卡直接寄回或傳真本公司，收到您的寶貴意見後，我們會收藏記錄及檢討，謝謝！如您需要了解本公司最新出版書目、購書優惠或企劃活動，歡迎您上網查詢或下載相關資料：http:// www.showwe.com.tw

您購買的書名：________________________________

出生日期：________年________月________日

學歷：□高中（含）以下　□大專　□研究所（含）以上

職業：□製造業　□金融業　□資訊業　□軍警　□傳播業　□自由業

□服務業　□公務員　□教職　□學生　□家管　□其它______

購書地點：□網路書店　□實體書店　□書展　□郵購　□贈閱　□其他

您從何得知本書的消息？

□網路書店　□實體書店　□網路搜尋　□電子報　□書訊　□雜誌

□傳播媒體　□親友推薦　□網站推薦　□部落格　□其他__________

您對本書的評價：（請填代號　1.非常滿意　2.滿意　3.尚可　4.再改進）

封面設計____　版面編排____　內容____　文／譯筆____　價格____

讀完書後您覺得：

□很有收穫　□有收穫　□收穫不多　□沒收穫

對我們的建議：________________________________

____

____

____

請貼
郵票

11466
台北市內湖區瑞光路 76 巷 65 號 1 樓
秀威資訊科技股份有限公司 收
BOD 數位出版事業部

（請沿線對折寄回，謝謝！）

姓　　名：________________ 年齡：________ 性別：□女 □男

郵遞區號：□□□□□

地　　址：________________________________

聯絡電話：(日) ________________ (夜) ________________

E-mail：________________________________

壹、思想散步

一個人在每天工作之餘，如果能讓他的思想離開那些頭痛的的公務以及煩心的家庭瑣事而去散散步，我想這是一件非常有益的事。因為這樣一來，你可以進入一種似夢似真的天地，享受一下靈魂的沐浴，甚至有助於你身心的健康。

在我下面所寫的許多事物裏，有許多可能是荒誕不經的，有許多也可能已為別人所說過的。但對我而言，我僅僅是讓我自己的思想散散步而已，荒誕與否，說過與否，那都無關緊要。如果朋友們把我看作一個精神病患者的獨白，也並不影響我散步以求鬆散身心的目的。

洗澡——世界和平之道

現在天氣炎熱，讓我先從洗澡說起。像這樣悶熱的夏天，我們幾乎沒有一個人是不洗澡的。洗澡是生活藝術的一部分。譬如，就時間方面來說，有的人喜歡早上一起來就洗，有的人喜歡吃了晚飯再洗，也有的人喜歡在晚上上床以前洗。喜歡早上一起床就洗的人，認為起來就痛快淋漓，不亦快哉。喜歡晚飯後洗的人是因為流了一天臭汗，晚飯以後，不會再有流汗的情形了，於是進入浴室，去一日之垢，然後渾身舒舒服服的納涼。持睡前沐浴論點的人，認為上床以前淨身潤膚，是天下第一快事。另外在細節方面，有人認為把肥皂直接擦上身，然後用水沖去才舒服；也有人覺得把肥皂擦在浴巾上再擦上身較愜意。也有人必需洗完後再入浴池泡一下；而有的人認為把水沖沖就行。

總之，不論何種方式，洗澡的目的總是一致：去垢納涼。因此洗澡的要訣是慢條斯理。不但動作上要慢，同時心情也必需悠閒。我不相信一個人心情急燥而能在洗完澡後有涼爽的感覺。只有當你用自己所認為最合適的方法，慢慢的，悠閒的，洗完澡而躺在籐椅上享受微風吹彿的時候，才是人生最舒適而享受的時候。

因為這種經我自己深深體驗過來的洗澡哲學，我非常懷疑希特勒等那些極權國家的頭子們是否洗澡，或者他們洗澡的時候是否匆促，用水是否太燙，以及洗完以後是否有足夠的時間去納一下涼。因為如果他們懂得洗澡藝術的話，他們就會至少暫時以悠閒的心情去進入浴室，滲好適當溫度的浴水，把肥皂擦得使變為很多的泡沫，把自己浸入浴盆，鬆散每一根神經，每一個細胞，到最後，洗完了再享受適度的納涼。這樣，他們的神經就不會日以繼夜的緊張，在匆促暴燥之間去批閱公文，而把世界弄得天翻地覆。如果他們懂得洗澡，他們將會一反他們以前的緊張，躺在籐椅上想想他白天那些可笑的錯誤，心平氣和的改正自己，撤銷他幾小時前發出的今晚突襲鄰國的命令。然後，把秘密警察頭目叫來跟他談談最近長堤小姐胸圍的尺寸，相與哈哈大笑，最後悠然入睡，使他的外交部長整日在外交部裏因為沒事可做而打瞌睡，最後只好走回家去洗個澡而結終一天的生活的話，世界和平就會在他們懂得洗澡藝術的方式下獲致。

——一九五七年七月廿一日，台糖雜誌十九卷三期副刊

穿衣——非以役人，乃役於人

在生活藝術中，除了吃飯與睡覺以外，就要輪到穿衣了。任何人都必需穿衣，如同任何人必需吃飯、睡眠一樣。因此穿衣的藝術在人類生活中就顯得很重要了。

我這裡之所謂重要，並不是指該穿得花團簇錦或是穿得體面而言，而是指在精神上的享受。穿衣的目的有兩種：就人類的羞恥心而言，穿衣的目的是蔽體；就氣候來講，是用以禦寒。而到了今天卻發展成「人要衣裝，佛要金裝」的觀念，實在是本末倒置。因此在我看來，穿衣既為了我所說的這兩種目的，就應該以舒適為穿衣的重要條件。試想我們如把自己被衣服穿得到處不便，豈不痛苦？就現代的女性來說，這種趨勢尤為顯著。

不過我很了解「女為悅己者容」的心理與道理，因為近世紀以來男人對於女人審美觀點的改變——從容貌轉變到曲線——因此我也很能諒解目前女人穿衣時「武裝競賽」的情形。實際上我相信如果在被男人選擇的條件上沒有這個因素的話，我敢保證她們絕不願受這樣的罪的。

但男人們卻也在「適應時勢」的情形下，把襯衣的領口熨得鐵硬，再緊緊的扣上一條領帶，把自己的脖子給捆住在自己既不願，也無人讓你必需如此做的情形下，實在是心為形役之極。反過來說，我非常驕傲我們中國人的長袍大掛。君不見目下所謂香港衫與從外國傳來的睡衣、睡褲嗎？實際上這與中國的小掛褲有何分別？除了領子因為洋人尚不十分能適應東方民族的穿衣觀點而外，其餘已完全與中國相同。從這一點上看來，我驕傲中國文化之精深。當文化淺薄的外國人領悟出中國人之所以穿着長袍大掛時的原因時，你怎能叫他們不改成中國式樣呢？

不但中國的衣服如此，實際上中國的鞋子也如此。這是說，中國式的穿着不但求舒適，適合人類放鬆肌肉，發展體格的原理，而且便利。當我們穿了一襲長袍或一套小掛褲而感到想躺下一會兒時，我們即可和衣而臥，而不必像穿西裝的人那樣必須把大衣卸下，再脫下上裝，鬆開領帶與襯衣領子，甚至為了轉輾反側的不便而必需解開鞋帶，把皮鞋「拔」下來。待這些工作完了的時候，你會發覺那穿中國式服裝的人早已呼聲大作了。要是後者是一個神經衰弱而必須靜寂始能入睡的人，豈不冤枉？

因此我主張除了軍人需要制服來統一以資識別以外，其餘全世界的人們何妨都一律改穿中國式的衣服。一羣穿着長袍馬掛的人搖搖擺擺的在以色列與阿拉伯國家的邊境上通過時，說不定會使雙方的軍隊們開始恍然大悟生活的藝術不是戰爭，而回家去叫老婆趕緊做一套既舒服又便利的中國式的衣服來穿上，發誓不再摸一下槍桿的。

——一九五七年八月一日，台糖雜誌十九卷四期副刊

吃飯——一個切合實際的題目

沒有一個人能否定吃飯是我們人類生活中幾乎是第一重大的事情。人沒有飯吃了，問題就嚴重，小則社會問題立刻發生、大者戰爭爆發。麵包之所以較之任何事都重要，因為那不是一種慾望問題，而是本能問題。

請朋友們原諒我，我並無故意聳人聽聞的意思。只是在談到吃飯的時候，必須承認這點。即使是我在寫這篇短文，也是要吃飽了才有精神寫的，並且又有誰能一定說我不是為了麵包才寫這短文呢？

不過我的能力也只是談談而已。而絕無力量使人人有飯吃。所以我以下要談的，只是談些在有飯吃的情形下，人的吃飯藝術而已。

我認為就生活上而言。吃飯已不是療飢的問題，而是一種藝術。當你在肚子餓時吃了一頓舒服的或是美味可口的飯以後，你的人生觀至少會暫時改變得很多。你會發覺你周圍的一切都變得和善可親起來。你會覺得原先你所憎厭的人物與事情，如果你平常對他們是怒目而視的，但在這種情形下你不但不這樣做，而會讓自己跟他們微笑一下，甚或請他們到你的家裏來坐一坐，談上一會兒。你或會感到你一向對他們的態度是錯的，而改善你們中間的關係也不一定。

從這個觀點出發，我們很可以了解，人所以請客吃飯的道理。用物質來換取別人的友情，智識份子們會憤怒地否定它，但事實是不容否定的。人們常常過份地高估他自己，也過於低估別人、而忽略了應給予的真正的評價。單就吃飯而言，我不相信任何人如果不是為了某種原因而不想吃一頓好飯。任何場合——即使是在外交場合，「歡宴」常是一個很重要而實際的題目。我們不能想像一個人在餓着肚子而引起胃酸過多時，另一個外國外交官在跟他討論殖民地自治問題時他有什麼好的臉色。

也正因為這個原因，有一件事使我大惑不解。因為就我們的了解，以及現在已近乎公認的是，中國的餐點是世界上任何國家的東西都無法比擬的。但偏偏在我們這個對飲食有深厚文化的國家裏，卻反有一部分人在醉心劣質而昂貴的所謂西餐，並且還有人在以精於西餐而自傲。我除了用「月亮是外國的好」來解釋他們的行為外，同時真誠而深深的代他們祈禱，希望他們早日脫離那既沒有吃飽而又不得不裝着已經吃得很滿意的，但是哭喪着臉等一下再一個人溜到中國小飯館裏狼吞虎嚥大嚼一頓的苦海。我之所以有此同情心，因為我覺得人總是人，吃飯是人的藝術，而人卻是上帝的創造。

——一九五七年八月十一日，台糖雜誌十九卷五期副刊

睡眠——不亦快哉第一則

金聖嘆有「不亦快哉」三十三則。如果要我來說幾則不亦快哉的話，我相信我會把睡眠列在第一則。

請朋友們不要以為我是一條瞌睡蟲。我只是說睡眠是人生一大快事。而我之所以要把它列為第一快事的原因，很可能是因為我常常感覺睡眠不夠。而人們對不容易追求到的事物，常常是慾望最高的，那麼朋友們也許不會苛責我的想法。

我們不能想像一個人因睡眠不足將會發生些什麼事情。不如意，動怒，神經衰弱，不該衝突的衝突，甚至天下大亂。試想想，如果一個軍國主義的獨裁者在酣睡中突然被他的部下叫醒，告訴他與某國之間的互不侵犯條約將於清晨三時終止，而要他決定是否該繼續訂約時，這個獨裁者將會做出什麼決定來呢？誰能說希特勒當年之進攻法國，一定不是在睡夢中被類似的事件驚醒而決定先下手呢？又有誰能說史達林之斷送百萬傭兵而堵塞戰場，不是從睡夢中驚醒，匆忙而慌亂中所作的決定呢？

睡眠是人類的重大基本權利之一。所謂權利，因為給人們以享受——精神上絕無倫比的舒適的享受，那種權利是天賦的，並不需要用勞動、金錢，或其他種種辦法以為酬報得來。因此，任何人也沒有剝奪別人睡眠的權利。一個上司不能叫下屬整夜不睡去加班，就是因為他沒有這種權利去剝奪別人的權利；相反的，下屬也不能整天去睡。一個人在白天他可以受盡種種的煩惱、痛苦、或是勞心勞力的事，但上帝安排了睡眠給他，使他恢復白天失去的體能智力、煩惱與痛苦，等你一覺醒來，你便會感覺四周的一切依然是如此的親切，使你有勇氣再生活下去。睡眠，是人們所以願意活下去的重要原因之一。

根據心理生理專家的統計，說一個人在睡眠時至少將會在一夜中間轉輾反側八次。我覺得這個「至少」還嫌太少。當一個人晚上上了床，在他唯一能自己決定如何安放他軀體以求達成舒適的目的的時候，如果他只對自己試驗了八次就感覺滿足或是不願再動的時候，他未免太虐待自己一點。如果這樣，我不知道他生活的目的何在，他睡眠的目的何在。他難道是為別人而睡嗎？既不是，為何不讓自己睡得安逸一點點？

有人主張早睡早起，說什麼可以強健身心，我不知這些人有何理論根據，簡直是荒唐之至。睡眠是一種很自然的事情。除非你被某種環境所限，否則「聽其自然」是睡眠唯一的要訣。早睡晚睡，早起晚起都沒什麼不可以。當你瀉肚子時你再想睡也不可能，當你被連日辛勞所困時，你也不能不顧及需要足夠的睡眠。你在入睡以前，你或會覺得明天一早必需起來趕火車是件很要緊而重人的事情，但當你因酣睡或是不想起床而終於誤了火車時，你在一時的懊惱之後，將會感到其實並沒有這樣緊張的必要，而索興再睡一覺的。

——一九五七年八月廿一日，台糖雜誌十九卷六期副刊

母親——女人生活的意義

在我用這個標題來散步時，我首先要請估我們這個世界上一半人數——甚至照最新的統計已經超出了一半人數的女人們的原諒。如果我的話說錯了，那也是理所當然。因為雖然我自己以為是站在不偏不倚的地位講話，但實際上你們如認為我仍站在男人的立場說話的話，我也不願分辯。因為畢竟我是個男人。

男人與女人生活的心情不同。對於一般的女人而言，容貌似乎是她自己生存的最大樂趣。如果她是個醜陋的女人她會自慚形穢，甚至在這種心理狀態下斷送了她自己一輩子。如果她「頗有幾分姿色」，甚或「閉月羞花」，那對她是一種驕傲，也是她的一切。男人的財富是事業與進取心，而美好的容貌卻是一個女人全部的，任何其他都無法與這比擬的財富。她可以放棄一切，包括海誓山盟的愛情在內，但甚少有女人願放棄她這種財富以冀換得麵包、愛情、甚至自由。在她們看來，如果那樣做，便失去了她所以生活的意義。而一般糊塗的男人，竟也被動的承認了她們這種「高深」的理論，做出「毀容」等等愚不可及的事來，斷送自己的一生錦繡前程。

在我看來（也許這是一個男人的偏見，我剛才已聲明過了，請女人們等一下再責備我吧！），一個女人生活的意義並不在此。上帝造人，也造了女人。宇宙主宰在造人的當初很可以把生兒育女的責任用另一種方法來辦到，也可以讓男人去做。但萬能的主宰卻把這個工作交給了女人，這絕非偶然，或者能用生物學進化、遺傳或者其他種種學理去解釋。（當然，如果你根本推翻了有宇宙主宰這回事的話，當然一切無從談起了。）因此在我看來，當一個女人懷孕的時候，她才真正的有了生命，也才開始找到了她生活的意義。林語堂說，一個女人最美麗的時候，應該是站在搖籃旁邊的時候，我認為這話是不錯的。我相信聰明的讀者們一定不會誤會林語堂那句話是抹煞了她們的容貌，也一定不會誤會我那句話是說她們原來沒有活着。反過來說，我也並不是為男人辯護，或是故意這麼說而掩飾了男人心理犯罪與自私的企圖與行為。我只是就女人的本身討論女人生活的意義。（男人這方面的生活思想我要另外予以褒貶。）我認為如果一個女人能認清這一點的話，她們將生活得快樂，因為她們找到了生之意義。她們將不再為自己表面的醜陋躭心，也不用躭心有人會用硝鏘水灑上她們的臉去。而做了一輩子光棍的男人們，也將因此而願意在花甲之年有一個女人與他自首偕老了。

——一九五七年九月一日，台糖雜誌十九卷七期副刊

喜歡的與不喜歡的

每一個人都有他喜歡的事物，也有他不喜歡的事物。有他願意做的事，也有他不願意做的事。人之思想，各有不同，此所以宇宙主宰偉大之處，亦所以我們是人類的原因。人類，生來就是有自由的思想的，而也正是上蒼所賦予的。

就我們這個泱泱大國而論，我們現在有許多年事稍長的人都懂得了「明哲保身」的格言，而隱藏起自己真正的喜憎，而隨聲附和別人的言論或是喜憎了。我不得不佩服他們運用的奧妙。因為他們既可保持自己思想或行動上喜憎的自由，又可使別人認為他們懂得做人。這可以以佛門的「居士」為代表。「居士」們可以在生時不受佛門清規的拘束，享盡榮華富貴，死後又不必見閻羅王去受刀山凌遲之苦，而可直接升上西方極樂世界。

不過在我們年輕的人看來，我們總不能做到這樣爐火純青。相反的，只要是自己喜歡的，不管別人喜歡不喜歡，仍本自己的意見去喜歡。只要是自己願意做的事，不管別人是否認為傻，仍本自己的意願去做。反過來講，凡是自己不喜歡的，不願做的，不管別人是否認為對，不喜歡就是不喜歡。羅曼羅蘭說：「人一生中應當有一個時期敢於做人家認為不應該做的事，敢於否定別人認為是不該否定的事。」我想我們今天所以能在這裡安居樂業，實際上是千萬個傻子不願聽別人「喜歡」的結果。

讓我回過頭來在我自己的日常生活裏說幾則我喜歡的與不喜歡的來結束這一節。

我不喜歡打領帶，因為我每天不得不打。

我不喜歡電影院那塊「請勿吸煙」的紅字告牌，因為大部分的觀眾們正對着那塊告牌在吞雲吐霧，證明這是多餘的。

我不喜歡太聰明的人，怕他們聰明反被聰明誤。

我不喜歡擦皮鞋，如果只把我的鞋弄得好像不錯的樣子，其實連好襪子也沒有一雙的時候，似乎也難以示人。

我喜歡一些小動物，因為牠們不會說話，所以不會使你感到喋喋不休。

我喜歡孩子，因為他們如願跟你交談，他們就不會說假話。

我喜歡平凡，因為有的人自命不凡。

我喜歡沒有手錶的人，因為這樣可以使他們在不遵守時間之餘，有一個解釋的理由而省得發窘。

——一九五七年九月十一日，台糖雜誌十九卷八期副刊

結婚——被圍困的城堡

幸而——也是不幸——我們人類被創造分為男人與女人兩種。因此從開天闢地以來（至少創世紀裡如此說），亞當與夏娃就替我們後世的人類以事實來定下了不成文的習慣法：兩性中間必須有結婚這件事。

多麼幸運的事，兩性有上帝律令的保護可以永在一起！也是多麼不幸的事，兩性中間必需在一起過他們成人以後的一輩子的共同生活！

結婚，可分作幾方面來講。男人們對於結婚這件事是他生活中的一件事，而對於女人，卻是她們整個的生活。（奇怪的是現在許多年輕的女孩子們幾乎都並沒有想到過要結婚。而等到她想到要結婚時，時間卻已晚了）男人們認為這是他整個生命中必需經過的一個階段，而女人們卻是她們一生的全部。

請女士們不必罵我說話不中聽，因為事實如此。不過，即使如此，結婚這件事也是有莫大的煩惱的。我非常欣賞西諺裡對於結婚所下的兩句名言。它說：「結婚，是一座被圍困的城堡。在城外的人想衝進去，而在城裡的人卻想衝出來。」

我對這圍城哲學有着莫大的同感，甚至共鳴。人，是一種多麼自以為是而矛盾的動物啊！沒有結婚的想結婚，結了婚的人又羨慕單身生活。既然單身好，卻又往結婚裡鑽；既然結婚好，卻又抱怨結婚。矛盾！

但是無論如何，一個人卻必須結婚，即是你完全不談其他的理由，上帝的意旨我們也不能違反。而事實上，即使你並不願遵守上帝的約束，你自己也會造出種種的理由，好像是被別人逼迫得非如此不可似的，而讓你的友人們替你躭憂，說：「唉，你必須要結婚了，這樣子下去是不行的」，而「不得不然」的，「無奈的」結了婚，（然後再抱怨）但「這樣子」是什麼樣子呢？仔細想想，你當會啞然失笑起來，原來你自己所躭憂的，你的朋友們所替你躭憂的，不過僅僅是為了自己還沒有像亞當與夏娃一樣，能偷食伊甸園的禁果而已。或者說，因為自己與生俱來的帶來了「原始的罪惡」（基督教如此說），而寧可讓自己的後代也有原始的罪惡。

明白了這些，我想許多深謀遠慮的單身漢（小姐）們可以不必再考慮了。結婚吧，你必須結婚的，如同你必須吃飯一樣。至於為身外之物憂慮而不敢結婚的人們，那就更可笑了。

——一九五七年九月二十一日，台糖雜誌十九卷九期副刊

宗教——信不信由你

現在幾乎有半數以上的人在世界各地信仰着各種宗教，在這裡談宗教——有形的宗教，既不太合適，也不是太不合適。

首先我要請各種的教徒，包括據說是為我禱告了觀世音菩薩而我的傷寒病才脫離險境的我的家人在內——不要罵我，因為我既不信仰任何有形的宗教，所以你們暫時也很難「感化」我這個「盲者」。不過即使如此，我也希望我有一天會豁然悔悟，加入你們靠「天」吃飯的陣營。

不過我雖不信仰任何有形的宗教，但我也從未反對過別人的宗教信仰，原因是任何宗教的教義，在本質上都是勸人為善的。即使有一點小小的恫嚇，（說什麼不信上帝就怎麼怎麼，有罪啦，不能進天國啦，不能升入極樂世界啦等等）我也很能原諒這種恫嚇的原意也只是為了勸人為善罷了，何況每一種宗教的開始、發展、而到今天，各有它們個別的環境與苦衷，因此我對那些恫嚇也不忍深責。而且對我而言，我既不信仰任何有形的宗教，我也不接受任何恫嚇，所以對這種小小的善意的手段反而有點同情而為之唏噓者再。

我之所以不能接受任何有形的宗教——精神的寄託，原因很簡單。因為在我的心中，我有一個自己宗教精神的寄託在那裡。在我看來，凡是一個弱者，萎靡者，貧血病者，他們才需要宗教來幫助他們，因為他們的生命中間沒有太陽，最多只有月亮——自己沒有光。要靠別的來發光，至於那些自身具有豐滿的生命力，永恆的強烈的陽光的人，為何要靠其他的東西來幫助呢？在我看來，我自己的心裡有一個太陽，有一個上帝永在。我信任我自己，上帝就永在我的心裡。不過我不反對別人信仰任何宗教，因為我也願意別人心裡有他的上帝存在。

我之所以不能接受有形的宗教的另一個原因，是那些經典中除了箴言以外的荒謬。馬太福音第一章——耶穌從聖靈懷了孕就是一個大大的荒謬，而偏偏演譯成為除他以外的凡人都有原罪的論證，最後並且高聲警告說：不容懷疑。——一個宗教到了不容許懷疑的時候，就已是強弩之末了，我曾經為此與一洋籍傳教士辯論，結果他沒有辦法了，竟說：「你們孔子不也是私生子嗎？」（按：孔母死後葬在「五父之衢」，影射孔子為私生子）這真是可笑之至。所以我說：「我們並未否認孔子是私生子呀，但他仍是中國的聖人，上一代的不道德並不能影響他的成就。」而把他說得面紅耳赤。

信有形宗教的人們，照樣信你們的吧，否則當上帝知道你中了我這魔鬼的誘惑時，你們就永不能進入天堂了。

——一九五七年十月一日，台糖雜誌十九卷十期副刊

工作——希望的泉源

一個人太忙了是可悲的，但沒有工作也是可悲的。

工作，幾乎已是現代人類的權利，而不僅僅是一種謀生，或是其他原因的工具。

經濟學裡有一個名詞叫做「有閒階級」。英國有一個經濟學人且曾寫了一本「有閒階級論」，為世界有名的社會科學論著。但時至今日，那些被歸入有閒階級的人們，已不復存在於我們現實生活的世界裡，而只是中世紀以前的一個歷史名詞了。埃及廢王法魯克是一個標準的有閒階級者，越廢王保大也可以算一個，但他們已成為我們現實世界的陳跡——現代的人民也決不能從一個有閒階級者手裡享受到什麼應享的基本人權。

我們不能想像一個人沒有工作，將會變成什麼樣子。請大家注意，我這裡之所謂工作，是廣義，不僅是指一個公務員孜孜兀兀埋首於辦公桌上，而是指一切勞心勞力的，為謀求一個不斷設法改進自己與別人的生活或是生活思想努力的，都是工作。因此學生讀書也是工作，戍守前方的將士也是在工作，當你沒有工作時，你的生命裡就缺少某種東西，也許就是你整個生命的原動力就沒有了。你不知你為何而生，並且為何而活，當你有着百萬家財而終日無所事事時，除了覬覦你財富的人的阿諛以外，你不能得到任何人的尊敬。反之，你如是赤貧，但有一份餐室侍應生的職業時，你就能保持你自己的光榮與人格於不墮。一個職業——或是一個工作的本身並沒有高低貴賤之分。誰去區分這些，誰便是一個有閒階級者——心理上的有閒階級者，而本身不再受人尊敬。

嚴格的說來，你如有一份工作，你才能保持你對人生的希望。或者說，工作是人生希望的泉源，母親撫養兒女，就是一種工作。

但：工作應保持不懈，並且保持適度。每個人的精力有限，你必須有恆心去做你的工作，同時也不宜不眠不休，或是操之過急。過度的工作同樣會使你陷入絕望——當你把身體弄壞了時，你就沒有希望了。

把希望交給工作，把身體交給你自己，同時，不要過份計較你工作所得的有形的酬報。金錢並非工作之唯一報酬。工作圓滿完成後的快慰與舒適，也是報酬的一部分。因此我要說，昨日已逝，明日即臨，切實把握你今天的工作，方為正確途徑。

——一九五七年十月十一日，台糖雜誌十九卷十一期副刊

幽默——征服厄運的藝術

幽默（Humor）這兩個字，現在幾乎誰都知道是什麼意思了，但即使如此，仍沒一個人能用定義的方式來解釋這兩個字，說：「幽默是——」，我敢擔保他說不出來。原因很簡單，幽默是一種授予的感覺，而不是數學公式。

在我們日常生活中，幽默感是一種很重要的生活藝術。一個人有了幽默感，他便能把一切的事情都看得不那麼嚴重而處理得順手些——即使自己吃點兒虧，也能一笑置之。比較下來，在這一點上，確實「月亮是外國的圓」，外國人——特別是西洋人的幽默感較之中國人要來得多一點。也正因為這個原因，他們跌倒了再爬起來的次數，就遠比那些較少幽默感的人為多。因為幽默感的本身就是一種活力，一種人生的酵素——特別是使自己發酵。

回教始祖穆罕默德自稱能移山倒海，並告訴他的弟子說有此法力。徒弟們願意看看師父的法力。於是他口唸真言。向前面一座山招手說：「過來！」但並未過來。穆罕默德說大約山未聽見，再來一次，也未過來。穆罕默德說山仍未聽見，第三次再下命令，但還是沒有過來。最後穆罕默德說：「這可是真的不會過來了。它不過來，只好我走過去。」一個人的幽默感不在乎對別人，尤其要緊的是對自己。要像穆罕默德一樣能自己當眾打自己的耳光，你我周圍怕很少能找得出這樣的人來吧？在我們的思想體系裏，這是何其丟人的事，怎麼能做？但我們並沒有覺得穆罕默德可笑，相反的我們感到的是他的可愛：但不是那種唾面自乾的懦弱，與基督教裏「人若打你的左臉，連右臉也給他打」的阿Q式作風，是自己嘲弄自己，而不是讓人嘲弄。

當一個人有自己嘲笑自己的勇氣時，他才開始能對自己立身處世在這世界上不感到沮喪——不論遭遇何種厄運，甚至死亡。因此嚴格的說來，幽默不僅是一種風趣，更是一種哲學，積極的勵志哲學。

不但處世如此，寫作也如此。王平陵先生在一次閒談時跟我說，一個人寫的作品應具有幽默感而不計成敗。根據這個論點，他將會開始鬆懈鬆懈他自己，不再把自己弄得殫精竭慮，成日緊張而反貽誤了大事。他將會重新安排一下他自己生活的秩序與追求生活的目標。而使他自己享受享受生之樂趣。——你們說不對？真的不對？好吧，就不對吧，我們中間總得有一個人是對的，你對就行啦！

——一九五七年十月廿一日，台糖雜誌十九卷十二期副刊

閒暇——生生不息的快樂

與工作相對的，是閒暇這件事。

從有人類歷史以來，就有閒暇。愈在古代，人類的閒暇愈多，愈到現代，人類的閒暇愈少。

而人類的閒暇之少，莫過於今日。（當然，我這裏是指正常的生活，正常的職業。如果你根本不做任何工作，托庇祖上餘蔭，遊手好閒，這不是閒暇，而是有閒階級。）因此，如何善為利用你的閒暇，如何擴大你的閒暇，是生活的藝術上一大要事。

在洪荒時代，我們祖先的閒暇是驚人的，那時候他們可以以一個世紀的時間去思索一件事情，用兩個世紀的時間去計劃這件事情，如果睏了或是倦了，可能休息一會兒。這「一會兒」正如同舊小說裏所說的天仙午睡「天上一日，人間一年」一樣，可以有個幾十年。但是現在就不同了。當你為一件事而與任何親朋商量，一味的猶豫不決，而等到你要決定的時候，你發覺你已是一個六、七十歲的老人了，你便會覺得既未能好好工作，並且也未能好好處理你的餘暇，而使生活不能獲得應有的快樂，而懊惱不已。

當你的工作緊張到使你一點閒暇也沒有的時候，對於身體上的損害固然重大，但對你精神上的損害，卻尤甚於對身體（肉體）的損害。到那時候，你會感到生活的目的，將是無窮盡的孜孜不息而寧願自殺。反過來說，適當與充分的閒暇會消除你的疲勞，尤其以消除精神的疲勞為甚。

一個善於支配自己閒暇的人，必定是最懂得生活藝術的人。在閒暇的時候，第一重要，並且絕對禁忌的是：不要想到你工作上的一切問題。然後，配合你閒暇的時間去安排你自己的節目。

我認為在處理閒暇，或是利用閒暇來使自己生活快樂的方法裏，下面這幾件事是必需先做與先考慮的。

首先應補足你睡眠的不足，不要使閒暇的節目使你的精神更壞。

其次先處理你自己私事，每一件都辦妥或作個決定，免得使你過了閒暇時間，還感到有某些事沒辦妥而影響工作的情緒。

然後整理你私室的環境，使你的心情也好整以暇，再也沒有一件事牽掛而安心於閒暇的享受。

最後你真正的有了閒暇。因此你必需要把握你的閒暇，盡量鬆散自己。當你把你的閒暇利用得十分好，完全沒有浪費時，你將有更好的工作，接着循環有更好的閒暇。

——一九五七年十一月一日，台糖雜誌十九卷十三期副刊

抽煙——千萬不要戒掉

報章雜誌上談到抽煙的文章何止千萬。但我仍再到這裏來散步。原因是：我是一個不抽煙的人。我想談這個問題時，如能由一個局外人來談談，可能是不準確的，但至少是客觀的。

癮君子們製造了許多理由為自己辯護，說沒有辦法戒掉它。如果一旦戒了，嚴重的程度甚至可以到死亡，於是，「非我所不願也，實不得已也。」理由充足，使自己不能撼動。

我認為除了因為某種生理上的原因，遵醫囑必須戒煙外，其他所有抽煙的人根本用不到想到戒煙兩個字。簡單的說：不必戒煙。但我這裏不必戒煙的理由很簡單，就是用不到去戒。而不必製造那麼些自以為非常充足的理由去辯護這件事，結果那些似是而非的理由卻經不起在別人的一笑之下而全部崩潰。

抽煙，那是生活藝術中極為重要的一環。「飯後一支煙，賽如活神仙」，我雖未領略到這種樂趣，但是證諸我們日常生活中所常被引用而應驗的聖哲先賢們的諺語來說，這種樂趣一定是非常令人感覺享受的。而享受，是人生八大派哲學中最富人情味的一種哲學。

有的寫文章的人說抽煙就會引出靈感，有的人在極為煩惱時或思索解決某件困難的事情時，需要抽煙來協助解決或是寄託身心。即使就這些觀點來說，抽煙對於一個需要抽煙的人的重要是不言可喻的。如果在這種情形下你不給他煙抽，那即使他抽了煙還是寫不出文章，即使他抽了煙仍不能解除煩惱與解決不了問題，你還是讓他抽煙的好，因為這樣，他可以無所藉口而不致發生一切的意外，——說不定那種意外將是城門失火，會殃及池魚的。

在實用哲學上來說，抽煙更是不可或缺的實用品，或者可以稱之為日用必需品。當你去向人交涉某項公務或是別人來找上你時，遞一技煙的效用勝過百萬辯護或責備的言語。當你跟一個不太熟悉或是根本陌生的人需要在同一個空間相處一段時間而感到無話可說時，如果你們都是抽煙的，那麼一支煙的效用可以使你們中間的距離縮成最小，使因年齡而成的間隔變成沒有。

好了，現在你們——抽煙的人——想想看：還要戒掉它嗎？醫生說煙抽多了，會得肺癌。你相信嗎？我想不會的，至少肺癌不會生在你的身上，因為疾病是不會找上懂得生活藝術的人的。

——一九五七年十一月十一日，台糖雜誌十九卷十四期副刊

笑——難得的財富

雖然各國的憲法裡並沒有明白規定笑是人類基本人權之一，但每人都能享受這種基本人權。我之所以在人權上冠以基本二字，那是因為笑是人類與生俱來的權利，較之普通憲法上的那些所謂基本人權，要更「基本」一點。

然而悲哀的是——也許只是這個時代所獨具的情形，我們生在這個年代，足以使我們笑的事情竟少得可憐，甚至有的人根本終生未曾真正的笑過一次。有的人笑了，但那些笑，笑得非常勉強，或是萬不得已之下裝起來的笑，甚至還有的是帶着眼淚的笑。——而我這裏所要說的笑，是發乎內心的、歡樂的、喜悅的、恬靜而有生命力的笑。

好萊塢的大製片家森默爾·高德溫在攝製那部有名的「The Greatest Show on the earth」（大馬戲團）時說：「現在世界上缺少歡笑。所以我攝製這部電影。」他的話是對的，我們這個世界悲哀太多，而歡笑太少——少得幾乎沒有。可惜的是森默爾雖然以這種觀點處理那部戲，但結果我們得到的卻是適得其反；感官的少量刺激，以及絕大量的難受的分擔。由此可見，如非出自內心，絕少有人能真正的笑一次。——或是說，真正的快樂一次。

卓別林可以說是相當高明的藝人了，他給了我們很多的笑。「淘金記」與「大獨裁者」簡直使我們從開始一直笑到終場。但在這「給與」的背後，我們卻能看到卓別林本人——或是大獨裁者與淘金者的悲哀。他們令人發笑，但自己卻沒有「取得」而笑不出來。

從這一觀點出發，也許我們就可以稍微了解一點周幽舉烽火以博褒姒一笑（其實也是讓自己笑一次）的心情。想想看，一個日理萬機的君主，在五更三點就上班，一直到日正當中才回家，家中又一點沒有家庭的溫暖，而必須再以所有餘下的時間來看老婆的臉色，叫他怎麼受得了？我想他的不快樂，多少影響他的為政也變為暴躁，沒有耐性，沒有心情去仔細考慮一切事情，忘了這是「管理眾人之事」必需好好去做，竟然犯下舉烽火的錯誤，而終於暴政亡國了。

因此，如何在利己不損人的情形之下去使自己多笑，這是很重要的事。因為笑——真正的笑能使你感到生活的快樂，與生命力的日益豐富。電影明星的笑是一種藝術。但真正的笑不是藝術，而是人性的放射。

——一九五七年十一月廿一日，台糖雜誌十九卷十五期副刊

讀書樂，樂何如！

無論怎樣規矩的人，頂多不過是隻剃淨了毛的猴子罷了！

——W．S．吉爾勃德

這，吉爾勃德是不公平的。至少，世界上迄今為止尚沒有一個猴子的圖書館，因為猴子們迄今尚不能讀書。

簡單的說，讀書，只有人纔能夠。而讀書的樂趣，當然也只有人纔能享受了。

古今中外有很多先天性的（或是懶惰的）不願讀書的人，就像大部分的人們在幼年時代，甚至一直到長大成人為止，對於英文與數學這些功課老弄不好而視為畏途一樣。但即使如此，我仍願跟在眾多的人們後面說：「讀書樂，樂何如！」

閱讀，實在是件有趣味的事情。多少世紀以來，人類累積的經驗；多少世紀以來，令人興味盎然的故事；我們只要花極有限的代價─有限的金錢與時間，就可以在書籍中獲得——如果你去讀它們的話。

閱讀，是一種心中的樂趣。它多少與玩意有點相似；你的急切、知識、以及敏捷，都發揮相當作用。閱讀之所以有味，是在於不得不運用你的心智。你自己的想像力與作者的想像力同時發揮作用，你以你自己的體認與作者相比，而產生相同的，或不同的結論。而當你了解了作者意思之後，你自己的意思也就更會發展了起來，充實了起來：得到了快樂，更增加了你的智識。

而增加智識，任何人都知道不論對你的事業前途，生活藝術，道德修養等，都是絕對的有益的。

如果你每天以十五分鐘的時間來閱讀——不管什麼書，那麼，你一年可以閱讀一百五十萬字，（每分鐘以至少三百字來計算）而普通一本書大約在七、八萬字中間，你可以每年閱讀約二十本的書。而每天閱讀十五分鐘是很容易辦到的——除非你是一隻猴子。至於讀什麼書，什麼時間，這是愚笨的說法。讀書，得不論什麼書，不論好壞，——或不論別人認為是好是壞，只要你自己有興趣讀就行。不論什麼時間，只要你自己認為有空的時間，願讀的時間就行。威廉·奧斯勒爵士之所以成為最偉大的醫生之一，就是每天自己看十五分鐘書的結果。

試試看，書籍是否能吸住你。因為閱讀絕不影響你的日常工作。而且，口袋裏帶一本書，旅行可以解除寂寞，天氣不好不能外出也可和你相伴，你何樂而不為？

——一九五七年十二月一日，台糖雜誌十九卷十六期副刊

說話——知易行難

說話是藝術，因為要有技巧。人不但要能懂得技巧，並且要運用技巧。譬如有人要請你吃飯，如果不打算去，你就可以說：「謝謝你。不過我晚上已先約了一個朋友，如果我六點鐘不到，你就不必等我。」而不必說：「對不起，我晚上有事不能去了。」一樣的一句話，你會在心理上讓人感到真誠而能體諒。

說話又不可太運用技巧，使一些聰明的人大起妒意與反感。因為技巧原是為達到某一目的的手段，在使用技巧的人的本意上絕對是善意的。但如過分，則有害自己。

說話不可太多，又不可太少。在某種場合，說話只能適可而止。人家在你講話的時候，多半不好意思打斷你的滔滔宏論，或是你談你自己喜歡、有興趣的事，一談一大套，卻不知道聽的人卻大受其罪，欲罷不能。你該察言觀色，碰到自己這種情形的時候，設法找到一個小節或是小動作把它拐一個彎，換一個題目，使人尚不至到「討厭」的極點。

遇到聰明的人講聰明的話時，該以笨伯的話來對付。最好答非所問，或置之一笑，千萬不可以聽明駁聽明，因為好勝的結果會使他恨你入骨。遇到笨人講笨話的時候，應以更笨的話來回答，否則對牛彈琴，白耗精神。

非講不可的時候，即使沒有話說，最好想一點出來講講。尤其是新交的朋友和認識的親戚，否則說一句答一句，誰發問呢？你不妨從時局、氣候、認識的關係上開始。因為說話本來就是一種創造性的藝術，它的目的是表現。

聽話就不同了。如果說說話是藝術，創造性的東西，那末聽話就更是藝術，一個無言的批評家。有許多人天生的會說話，並且也會聽。但有許多人不會說話，卻對於聽話的本領非常高明。如果說有人只會說不懂聽的是莫名其妙的不知所云，而不會說能聽的人卻恰恰相反，好像歸正的草莽英雄變成刑警或者線民、鄉村的地保；那種沉默的批評的準確性，恰如釀壞了的酒變為好醋，被人譏笑而惱怒的「文學家」變為浪漫和印象派的評論大家一樣。

聽話的目的在求瞭解，好的話還要在瞭解以外加以欣賞，而工具則是諦聽。聽話最要緊的就是要求傳真。因為說話的人講一句話，你如把它聽成另外一個意思，在各方面便將鑄成大錯，好話變了壞話，壞意思反而莫名其妙的感激他。所以這裡瞭解便成了重要的課題。欣賞是形而上的東西，如你話聽懂了，有些很有價值的話你就可以欣賞，而從中得到其他許多智識和啟示，也就是佛家之所謂「悟道。」但這究竟與現在的實際生活並無關係。不願欣賞或不能欣賞時，也不必感覺遺憾。在這種情形下，只要把話的意思懂得，其他該學五柳先生的不求甚解。因為逐句思索，而得到的結論離題已遠，不符實際。不但瑣細，而且無補於目前。但是「不求甚解」云者，也不是馬馬虎虎的聽，連大意都摸不着，那麼寃及時間，並且白白的苦了耳朵和精神。

聽話比說話難。說話的人可以在不知不覺之間講了許多對方不願聽的自我興趣和嗜好，對於目前環境和時局的看法，（世界上有這種不識相的人）但是聽的人卻不能把兩只耳朵塞起來不聽，因為任何人都愛面子，不會在這種場合下奚落人家。那麼這就難了，既不能充耳不聞，又不像去電影院或進劇場時覺得不合口味而半場退出，或像店員對顧客說「時間到了，我要拉鐵門打烊」的催促，或像看一本書不愛看時把這本書合攏一丟，那麼你只好聽下去，又不能聽而不聞，萬一說話的人問起來「你說是不是？」而變得不知所措。這時你便可以設法遞一枝煙過去乘機換一個題目：「這種煙還不錯」諸如此類的轉變，輕輕一抹。但也並不是每種場合都該傾耳靜聽，如果碰到一些自負、驕傲的人在叨叨不休，而又無可以使他停止的方法時，你「傾耳」就可，根本不要管他說的什麼。因為他們的目的只是由自己的珠走玉盤而引人注意，那麼你大可以想你另外要想的事情，只消在臉部的表情上加一只盤子，把他的圓珠一顆不漏的收下就行，千萬不能像壓在盒子裡的彈簧人兒，盒子一開就「哇」的一聲探出頭來說：「我受不了」而前功盡棄，使得對方憤恨的從你臉上收回那只滑完珠子的空盤子。

不過說話與聽話的道理如要全部詳細分析，也許我們以後反而不敢說，不敢聽，噤若寒蟬。然而我人日常生活又何能如此？所以這些辦不到的做法，倒也不必去推敲。好在飯塞到嘴裡的時候也無法說話，說話時一定是嘴裡有空才說。因為說話到底是凡人的藝術，而說話的人卻是上帝的意志與創造。

——一九五〇年三月一日，台糖雜誌六卷七期副刊

經驗——並非完全有用

人自出生開始，幾手每天都碰到新的問題，然後立即變成經驗。到第二次遇到同樣的情形時，就可以此經驗來適應，或者藉此而調整其適應。「經驗之談」是在這種情形下產生的。

因此，「前事不忘」，始是「後事之師」，但是經驗並不是完全有用的。除了某些人頭腦遲滯未能運用其經驗以外，還有明知故犯或不得不然的情形。元初有一個無名氏寫了一首很出色的七言詩，名為「虜婦咏」，其中最後兩句是：「到底不知因色誤，馬前猶自賣胭脂」，把經驗無用論發揮得淋漓盡致。這首詩的背景是這樣：南宋末年受金兵之逼，偏處江南。金兵常縱騎侵入南方騷擾，看見江南美人，就擄回塞外蹂躪，但一年年過去，被擄者人老珠黃，不再得金人歡心，而被棄之不顧。但是塞外幾盡是不毛之地，女流之輩甚難謀生。當地有一種色草，經過人工焙製，可以製成胭脂販賣。被棄的婦人們做好胭脂，等金兵自中原再次擄美北返時就走到馬前向金兵懷裡的俘虜兜售，保證馬上的美人倍增艷麗。那個馬上的男人說不定就是上次把她載回來的人，馬上的女人下一次也可能將站在馬前兜售胭脂給另一新來的佳麗。賣胭脂的女人當然知道自己就是因為外表姣好而被擄出塞外，理論上應該不賣胭脂給她們，以免增加她們日後可能更慘命運的覆轍，但她仍必須不顧自己的經驗而重複她們的錯誤，因為「我要活下去」。

這很自然的涉及到存在論。六十年代已自法國作家莎岡，經過卡繆等的存在主義（Existism）發展到英國約翰．布萊恩的憤怒的青年（The angry youmg generation）的世紀。現在已進入七十年代，這個世界未知要發展到什麼樣子。但有一點是可以斷定的，那就是人由無知而獲得經驗，又自利用經驗而揚棄經驗。某些原以為是寶貴的經驗，以後才發覺這不過是自己當初的無知，原以為是值得警惕或行為準繩的標尺，卻經不起環境與事實的輕輕一碰而全部瓦解：經驗是沒有用的，人，總常常重複他自己的錯誤。

因此我認為人們與其岌岌於吸收經驗，增長經驗，或是隨便借什麼名義來疾言厲色的責備下一代沒有經驗時，還不如從自己原來站着的地方，開始向覺得該走的方向走去。使自己即使不能開創一個新的境界，至少也可感受一點新的觀念，甚至就是馬前賣胭脂，也比只是老談經驗而不創造經驗要強得多。

——一九五八年一月一日，台糖雜誌三十卷一期副刊

智慧——運用之妙，存乎一心

鏡花緣裡唐敖與多九公兩人曾到過一個兩面國，此國人們均有兩副面孔，前面的一副與常人無異，一切讚美的字眼均可放在上面，而當之無愧；但在腦後用布遮住的一副，揭開一看，卻是面目猙獰，與前者完全相反。

我想這種說法雖然部份情形是事實，但非絕對。為何不可以說在前面的一副不堪領教，遮住的一副實際非常善良？世間不是有很多表面冷酷，內心很熱誠的人嗎？這是觀點問題。

實際上我們人類常常站在這兩者之間的一個中間點上。而一點點智慧的加或減，乃決定我們「到底是那一種面孔」的人。幾年前我進醫院割盲腸。這不過是一個最小的外科手術，僅費時廿八分鐘。醫生原先對我說這是小手術，無足掛齒。割完後在院休養時，跟醫生們熟了，他們就承認不論小到何種樣的手術，均有其生死之間的危險性。不過大手術危險性較大，小手術危險性較小而已，但在手術時卻一樣冒汗。因此就我來說，在動手術的剎那，醫生就是介乎上帝與魔鬼中間的一種可變的物體。他們之變成救世主或是劊子手，是由另一種元素之投入而決定。這種原素就是其經驗與學識，或簡稱之為智慧。行醫，是鬥智，用人類的智慧與病菌較量，優勝劣敗。當然這句話不適用於那些每天化錢買身份證字號去在報上自己鳴謝自己「救活」多少絕症的走方郎中們。絕大多數的江湖醫生之所以能使自己變成「救世主」，不是由於他們對病菌作戰的智慧，而是由於他們都具有戰勝人類弱點——好名——的智慧，這結果使他們對馬爾薩斯人口論所說人類如無食物限制，將會幾何級數地增加這一節，更具有迎頭痛擊的智慧。因為事實證明人類之未曾以幾何級數增加，他們之曾以全力加以阻遏，當不無相當的功勞，而絕不是全由於缺乏糧食而起。

話說回來，不但醫生有站在兩個極端中間一點這一個事實，其他情形都可以用這來解釋。批評與毀謗本是一件事，在乎說話的人是善意，抑是惡意。我也看不出刑警與地保有何本質上的差別。米下缸的時候是一樣的，要看看所用酒藥的好壞，或是份量是否過多過少。等做好了一看，可能是一缸最佳的醇酒，也可能是一缸上好的米醋。類似情形，不一而足。因此有人或會要求這個世界一切應該美好，不該有那另外的一面。如果這樣，我想他是錯了，因為世界上如果只有佳釀暢飲，而沒有好醋來持螯賞菊，即使不是大煞風景，也至少是遺憾萬分的。

——一九五八年一月十一日，台糖雜誌二十卷二期副刊

距離——過猶不及

美學上談到距離問題的時候，便產生幾種不同的看法與主張，孰是孰非，莫衷一是。而就實際生活的藝術而論，我想回答是應該肯定的，因為生活就是生活。

「不識蘆山真面目，只緣身在此山中」：毛病出在太近。「欲窮千里目，更上一層樓」：未上樓以前想要看看究竟，卻又嫌太遠。而實際生活，就是人與人的相處。難矣哉，因為過猶不及。

未知其他地方的公共汽車如何。就台北市的公共汽車而論，每一輛車後面都有這樣八個大字：保持距離，以策安全。至少就安全觀點而論，距離是必要的。保密防諜要點第一條：不跟陌生的人來往；更是保持距離以策安全的重要實例。

但是人與人之間的相處，是不是能這樣嚴格的被限制呢？問題就在這裡。你與「陌生的人」自然可以不來往。公共汽車間之保持距離，是因為司機知道一旦碰上了，即使不死，至少也要坐上幾年牢。而死與坐牢之中任何一件，當然不如魚與熊掌之兩者均令人嚮往。但在與不算「陌生的人」或是親朋之間是否保持某一種距離就是最好呢？我想除了安全的確可以因此而確保以外，其他的問題實難以此種標準來逐一衡量，更何況人有情感，絕非僅具理智。

不過矛盾也在這裡。那就是某種距離之所以有，不但存在，而且需要。丈夫可以把百分之九十九的個人秘密完全告訴妻子，那另外的百分之一——例如上一代對自己的妻子不喜歡之類——卻沒有那種必要告訴妻子，這樣也不能說對妻子不坦白。妻子可以有百分之九十九的個人秘密完全告訴丈夫，但另外的百分之一——例如她與以前的男友如何親密等等，同樣的也顯得有損無益而不必多說。就事實上說，雖然他們的關係已親密為夫婦，他們中間仍保持了某種距離。

因此在我看來，因為人與人既然在生下來時就沒連在一起，所以天生的從一開始他們就有距離。母親喂兒子的奶，如此緊密的抱在懷裡，在他睡覺時仍要把他放下。這種基本上的距離是與生俱來的，既不能否認，更無法拉近；而後天的距離如何安排才最適當，是一種生活的藝術。思想愈成熟，他安排的距離愈適當。所以人是用不到害怕距離問題的，只要他一天一天生活下去。

而在他死以前，他就是在生活着。

——一九五八年一月廿一日，台糖雜誌三十卷三期副刊

自我價值——不妨高估

人性弱點中有一環是極其微妙的，那就是自我價值的評估。一般人通常有此人「自以為是」，那人「自視甚高」，等等的批評，就是對此人或那人之自我價值的估計認為過份。但事實上每人都高估自己的。就以批評別人的人而言，他如不自認較被批評的要高，他就不會有批評別人這件事的產生。

我說這是人性弱點中最微妙的一環，因為自我價值既是弱點，同時也是優點。人如果沒有自我價值，則一切無從談起。「天下文章數三江，三江文章數敝鄉。敝鄉文章數舍弟，舍弟跟我學文章」。固然狂妄，但「文章是自己的好」，不管一個人寫出來的文章是否真的好，其應先自我欣賞，是絕對必需的。如果一個人寫的文章連他自己也不欣賞，則不會受別人的欣賞是必然的。而一個寫文章的人則在此必需與必然中間勢必選擇其一。如他自己不選擇，那麼別人會替他選擇。

我在做「新鮮人」（Freshman）的時候，我曾有新鮮的看法，自以為將來會是總統。（請注意，是總統而不是總統候選人。）到了二年級，自動的願屈就行政院長。以後過一年降一級，現在我對我自己能做一名小職員這一點上，反感到不敢妄自菲薄了。羅曼．羅蘭說：「人在他整個的生命史上，應該有一段時期容許自己有一些即使是狂妄的想法。他應該敢於認為不公平。敢說別人認為不該說的話，甚至做別人認為不該做的事」。我想這是不錯的，因為這些都沒關係。他的每一種想法，每一種過份的估量他自己，都是他日後愈趨成熟，接近完全—我說接近，是因為從未有人真正十全十美—的必經之路。沒有生果，如何成熟？從總統到小職員的演變，並不是理想的萎縮，而是對自我價值作較正確的評價。但演變為小職員，自我價值仍然存在，而且永遠存在，不過更結實，更經得住考驗，更是真正的自己罷了。

因此在我看來，自我價值之孕育、產生、修正、以及決定，其過程的每一個細節，是一個人一生中最值得珍貴的記憶，而大可不必臉紅的。每一個修正，都是使自己生活得更感到是一個人的責任一點。那些轉變被串在一個記憶的絲帶上時，它們中間的每一個都是一顆閃亮的珍珠，光芒四射，向你盯視而微笑着說：朋友，說實話吧，只有我們之間的友誼才是永恆的。你信不信你自己不能忘記的，實際上僅是我們這一串？

我想無人能否認的。因此我認為一個人在開始時不妨把自己高估一點，因為這樣，最後他自己會知道至少該保有一顆珍珠，——即使是最小的。

——一九五八年二月一日，台糖雜誌三十卷四期副刊

立場——請再往前一步

在實際生活中最容易引起不愉快事件的原因，常是人與人之間觀念之不能統一，或者可以說，是立場的各異。

我們通常把各異的立場分為所謂主觀與客觀兩種。實際上世界上除了物的存在有其客觀性以外，人與人之間之相處絕無完全客觀這個事實，一個人客觀到了極點，充其量也不過是客觀的主觀，較多的是主觀的客觀，而更多的是純粹主觀。

我並不認為純粹主觀是件絕對的壞事。一個人如果能客觀一點當然更好，但如果他只能主觀，也沒有可以責備之處，因為世界的存在，在個人的立場看來，是有了他的存在，以及無數個自我的存在，才構成這個社會，這個世界。

不過主觀雖切合實際生活，而所謂客觀——其實是主觀的客觀——則較趨向妥協，而可減少人與人之間無謂的爭執。人們在大雨滂沱中等候半小時才來一班的公共汽車時，如果這時有一輛公車開來，大家蜂湧而上，而到你要上車時，在你前面最後擠上車的那個人對你說，不能再擠了，請等下一班吧，但你卻說明明裡面還「有隙可乘」，而雨又這樣大，還請再擠一擠吧。而等到你自己在經過很大的努力後擠上車後，你自己便會對你後面的那位尚未上車的朋友說，實在擠不下了，請他等下一班。這是立場問題。你在下面時，你是下面的立場，與在你前面已擠上車的人立場不同。而一旦你擠上了車，你便不再與你後面的人有相同的立場。說是自私也吧，或是不管什麼也吧，總之，沒有一個在等車的人願意欣賞自己後面的人都已擠上車去而把自己留下的。這種車上車下的立場問題，當可為主觀與客觀之適用性作一有力的註解。

所以實際上要解決人與人中間不愉快這個問題是很簡單的。如果每一個人都能在擠公共汽車時不但為自己想，而同時也為後面的人想一想而往前多擠一下的話，我們這個世界就變得可愛多了。因為在後面的人雖然他本來有權走上去，但多少年來的不合理他已習慣而認為合理，那麼有人給他應有的權利時他反會感激你的。當然，如果你認為要求世界上每一個在前面的人都這樣做是太過份的話，那麼至少你自己可以想一想，而至少你就不會與人有不愉快的機會了。西諺裡有一句話說得妙：當你用一個手指指着別人的時候，請你記住還有三個手指是指着自己的。（Be sure there are three more fingers pin pointing at yourself, while one of your fingers is pinpointing at others）我們這個世界不是很可愛嗎，只要記住有三個手指是指着自己的，或者僅需要你上前一步就是。

——一九五八年二月十一日，台糖雜誌二十卷五期副刊

金錢——否定的否定

我們每天翻開報紙的第三版來看時，每則大小新聞裡所直接、間接、明示、或是暗示你的，幾乎只有這兩個字：金錢。乾隆皇帝遊江南時，指着長江裡面來往不絕的船隻向他的臣下說：「你們看看這麼多的船！」大臣說：「陛下，我沒看到別的，我看到一共只有兩只船：一只是名，一只是利」。戰國時梁惠王的思想也只是「子不遠千里而來，將有利於吾國乎？」而被孟子評曰「上下交征利」。利，原是現實生活中大家所追求－或是不想追求而又不得不追求的目標。似乎這個世界除了利以外，就沒有值得追求的東西了。

實際上呢，任你再多的理論也的確推翻不了這個實際。「仕而優則商」「商而優則仕」。「優」是什麼？簡單的解釋是：很多的金錢。看看，做了官就有很多的金錢，有了很多的金錢就可以罷手了，拿它作為商業資本又可一本萬利。而經商的人呢，等到他做了好生意能賺到很多的金錢時，就可以捐官。這，雖然是士大夫階級傳統的下意識觀念，但實際總是實際，你不能在走得精疲力盡時希望沒有一塊錢而被允許坐上公共汽車。

因此在我看來，持金錢萬能說的人，容或過份，但確是最懂得實際人生的人。我們大可不必責備他們，說什麼惟利是圖啦，萬惡的金錢啦，銅臭滿身啦等等。實際上大部分的人，當他們有了金錢時，他們是不在乎這些責備的。因為他們已沒有了思想，—沒有了真正「人」的思想：他們的思想已被金錢所塞滿，或是被金錢的思想所塞滿，而沒有多餘的空隙來思想思想別的，譬如說想想他們活着的意義等等。看起來這似乎已成了一種不成文法，那就是一般人很少能同時佔有金錢與思想兩種東西。反過來說，還是那些包括你我在內的空有思想而赤貧如洗的人。才是最最可笑的。我們一方面卑視金錢，另一方面卻因為肚子問題而不得不向抓住錢袋袋口的大人先生們低頭。因為不低頭就不能解決民生問題。而有點思想的人，就不會做不合法的事。

因此，智識份子—或是沒錢的讀書人是可悲的。在他們的思想中是絕對的否定了金錢的重要性，而現實生活卻又絕對的否定了他們的否定。這不是矛盾，而是矛盾的統一—否定的否定：肯定。麥克阿瑟元帥下了台，就任了雷明敦打字機公司的董事長，蔣廷黻回國提倡重商主義，他們又豈是些沒有眼光而惟利是圖的人？因此我想人們總得把他們的思想與現實聯繫起來，作成一個肯定的結論：不管對任何事，即使是對金錢而言，也還是肯定一點的好。

——一九五八年二月二十一日，台糖雜誌二十卷六期副刊

謙虛——不嫌太過份嗎？

在某些地方，要證明中國人的智慧確比外國人強，或者中國人的科學比外國人更進步，當並不是一件難事。早在十幾個世紀（甚至更早一點）以前，我們就已有了劍仙、地遁等說法而變成通俗本的小說留傳後世，使人們沉迷於這些空中樓閣之中。可是到了十九世紀末葉以來，就真的有了飛艇與潛水艇等發明；而諸葛孔明的木牛流馬與汽車也並無二致。這些證明了我們中國人即使是在胡思亂想而沒有那些真正精密確實的製造法則，但至少比西洋人更智慧，該是毫無疑問。我們的格物致知篇早在西方學術傳入中國以前就有了，孔孟的哲學也較愛琴海文化早幾個世紀。

這些也許還不能真正的代表某些中國人思想的高深。最使我折服的，莫過於對達爾文的進化論這一個對世界文明有重大貢獻的發現。實際上中國人在比他更早以前即已發現，而一直表現在我們日常生活細節之中，不過未予以具體化的結論而已。舉例而言，當他們（不是我們）在別人面前提起自己的兒子時，總是說成「小犬」「豚兒」等等，或是其他獸類的名稱，而不說「我的兒子」或「我的小孩子」。他們不惜把兒女視作較人類更下一等的動物，不管出自何等樣高深的典故，也可以證明他們本身就是一條老母豬或是大雄狗。這種過分謙虛的美德，西洋人望塵莫及。但對說這些話的人來說，我想實在是基於精深的進化論而發。因為自知之明告訴他，他是由下等動物進化而來，所以說話時也不妨率直承認，索性把自己的家譜一併告訴別人。他們之所以沒像達爾文那樣寫成一本進化論，是因為他們覺得無此必要，本來是畜牲，穿上了人的衣冠也不見得光彩些。

話雖這樣說，但我始終不明白他們在行動上的矛盾。我常常看見許多人在心平氣和說話時打躬作揖，謙稱自己不過是一隻下等動物之餘，在與別人爭執時卻絕對不肯再承認那曾經他自己一再供認過的是畜牲的後裔。如果別人罵他們「王八蛋」或是「狗娘養的」時候，他絕不再想到研究進化論，與對自己是畜牲的引證，而立即會勃然大怒，甚至揮以老拳的。

從這個事實出發，我在矛盾中替他們找出一個可能的結論，那就是：對他們而言，在別人面前侮辱或是作賤自己，是他們自己常常引以為榮的特權，而絕不賦予別人以即使是一次的此種資格。你愈侮辱自己，別人愈尊敬你。人與人中間愈自己作賤自己，就相處的愈和諧，我們也愈退步，變成畜牲，最後甚至變成原始生物。因此，對這些人而言，達爾文的進化論以及他們之所以為人，是由於動物的爭吵與不和諧而產生的。而要求這個世界不再有戰爭，在各國最聰明的政治家們絞盡腦汁而仍束手之際，竟然「得來全不費功夫」，那就是中國式的過分謙虛。

——一九五八年三月一日，台糖雜誌二十卷七期副刊

簽呈——無為而治的最高境界

在所有前代的文化遺產裡面，最使我感念我們炎黃祖先之處，莫過于創造中國式的簽呈一事。我之所以佩服，是因為中國式的簽呈創造者，在感受異族蹂躪之餘，在痛苦的經驗中竟能藉這一張小小的紙片來保存漢民族的元氣，終於重慶復國。

證明在這裡。任何一張簽呈都至少包括下列幾個詞彙或單字：「竊」、「職」、「查」，「合將經過情形報請鑒核示遵」等字樣。你如仔細的研究一下，就會發現這些詞彙裡蘊藏着下面幾個功用。第一、我是偷偷的向你報告，內容機密，報告的人忠心既無問題，看報告的人被高帽子一戴上，先已經飄飄然了。第二、這件事已經辦了。報告的人已盡本份，是否辦到或是否辦成，非我之過也。第三、批示以後是奉命而辦，別人面前既可「奉命不上訴」而通行無阻，更使人另眼相看這個人頗有辦法。以後辦得好是他的「擬予」，辦錯了責不在我。第四、在批示的人來說，辦得好是他的指示有功，辦得不好可往經辦人身上推。這樣推來推去，一事未了，一事又起，升代不久，又奉命扶正，簽呈到此，就發揮了最高效用。即使不說藉此升官發財，但簽呈的本身最少也具備了明哲保身的精神。它的功用就在免除責任。因此對發生被異族統治的情形時，只要你多寫簽呈，統治者對於被統治者就非常放心了，因為他們的簽呈顯示他們毫無主見，兢兢業業，無暇他顧，更沒時間想到造反了。因此我以為中國式簽呈的創造者應列為聖哲先賢，至少他也該與那些聖哲先賢有同樣的地位：因為大智若愚，他卻能把自己的愚蠢變成了大智而完成了一件如此重大的使命—保存漢民族的元氣而終於復國，還不該當嗎？

惟一遺憾的是，我們後代的人們只做到發揚，而未予光大。我們現在僅僅在公務上應用到事事簽呈，但尚未能光大應用到實際生活上去。我以為一個坐辦公室的人當他要去上洗手間方便時，他應該先寫個簽呈問問可以不可以。他大可不必因為着急而印好備用或事先寫好。簽呈，是着急也沒用的，既寫簽呈，你必須準備被批駁。如果上面批駁不准，那麼你就憋着。因此我認為簽呈目前還沒光大到這個地步，實在是我們後代的恥辱，對前代偉大的發明者而言，實在慚愧之至。而外國人的報告之那種乾淨明快的作風，比較而言，我認為他們實在是一種太傻的舉動。因為他們這種負責的作風促使他們強大到不怕別國侵略或侵略別人而喪失了一個泱泱的大國的君子風度。我更替辜鴻銘惋惜，他當年竟沒有聽從托爾斯泰的建議，好讓這個大國的人民普遍的成為不抵抗主義者，（註）以聽任侵略者長驅直入，實屬不智。因為，簽呈哲學是無為而治的最高境界，我為簽呈哲學而歌唱。

（註）大思想家托爾斯泰曾與辜鴻銘交往，友誼甚篤。托為不抵抗和平主義者，嘗為辜論不抵抗主義之道，但辜不能接受其思想。

——一九五八年三月十一日，台糖雜誌二十卷八期副刊

疾病——焉知非福

人生中所經歷的許多事情中，除了適應社會環境的經歷而外，自生至死的自然過程中，其將必然的幾乎無人能倖免的，就是疾病這一件事，甚至更多的人都因經歷這一關而步上人生最後的一程——死亡。

「生老病死」，「英雄只怕病來磨」等等對於疾病的格言諺語，不計其數，其含義及對人生的意義，亦各有千秋。不過所有的格言諺語，似乎都只是對某一件事的一種單獨的看法而沒有表示其共同的特點。在我看來，疾病對於人生，自有其超乎上述一切解釋的重要影響與意義。

上帝創造人類，其在當初很可以經由任何其他的方式（例如某些動植物之無性繁殖等等）來繁殖人類，但人的繁殖方法最後是經由婚姻關係而達成。人類之減少，也可以由上帝的律令規定某一種方式達成，但結果是經由死亡之路，想必宇宙主宰自有其道理。相對的，對人類的磨折與教誡，也可以經由其他的方式，但後來人類所受的痛苦中卻包括了疾病。因此在我看來，疾病之對於人生，與其說是某種生理或心理上的導火線所致，毋寧看成精神或意志的暫時崩潰（能醫好的疾病）或永久崩潰（致死的疾病），而促使病人對人生提高警覺與反省的一個警報。

根據病理學家的研究所得，痛（ache）對於人體的作用，實際就是疾病的警報。一個人如何在平時應善自保重他的身體以為立功立業或齊家的本錢，在有病時才感到其重要性。某些小病的人在病中可以反躬自省以往的一切，有則改之，無則加勉，自不在話下；即使對生死關頭大病的人，常常已是藥石罔效，但經由其對世俗虛懷若谷之開通(Open minded)的觀念與堅強的對生之意之信心，而終於不藥而癒者亦大有人在。此種種情形說明了疾病，只是一種警報，警惕吾人及時更正立身處世所犯的錯誤，而人類又是多少總犯有錯誤的。一個經過疾病，尤其是重大疾病的人，他的人生觀必然會改變。剛愎的轉柔和，過分悲觀的反可能轉為堅強。在我看來，疾病，在實際上是一種精神糾正的良藥。以科學的條件儘量的避免與救治當然是應積極進行，而如何在肉體的疾病時救治自己的靈魂與思想，則是宇宙主宰在給我們以肉體的病痛時主要的要求，而絕不能不加注意而捨本逐末的。因此，從另一個角度去看：疾病，焉知非福？

——一九五八年三月廿一日，台糖雜誌二十卷九期副刊

界限——請勿擅入

「寮叛軍攻溫永」

「分屍案撲朔迷離」

「卡斯楚份子圖暗殺美總統全家」

……

戰爭與罪惡似是與今日世界人民生活無時或缺、不能分開的伴侶，姑不論它是良伴抑是惡侶。有的人歸之於幾次世界大小戰爭的結果，而使道德淪喪，乃有道德重整會的創立與美國最近發起的世界和平團的籌組，以期一勞永逸，使「世界永遠沒戰爭」；有的人的觀點正好相反，認為這是由於道德之先行沒落，才有戰爭與罪惡。這些看法見仁見智，但在基本上沒有什麼差別，總而言之，道德觀念之沒落甚至淪喪，是不爭的事實。

但是如何去挽狂瀾於既倒呢？一切的努力將屬徒勞無功，如果不從基本的問題着手的話。世界將永遠會有戰爭繼續的，如果我們不消滅戰火的根源的話。

在我看來，要消滅這些罪惡根源，也很容易，那就是：每個人如何去認清自己的界限而珍惜這個界限。夫婦中間如何才能幸福呢？所謂幸福，是認清幸福的界限——絕非漫無止境——而珍惜這個界限。朋友之間或是人與人之間如何才能「相處甚得」呢？是在認清自己與別人的界限，而約束自己局限於自己的界限之內，尊重別人的界限，而不作過份的踰越—即使是一點點。一切的一切都有界限、父子、師生，上司與下屬，在同一條火線上的戰友，甚至一根電線，都被一道漆皮包着。鄰居花園裡的芍藥實在不錯，可是遠遠參觀可矣，「請勿擅入」，更「不准攀折」。

在這一個「不要越過你的界限」原則下，許多事情都有了新的意義。赴湯蹈火確是勇敢的，但在不當受屈辱的時候，並且有能力使別人自討苦吃的情形下仍能忍受屈辱，才是真正的勇敢。上帝確是神聖的，但一個人如在歷經罪惡淵藪，受盡了浮士德式的魔鬼給與的榮耀權柄等等的試探以後，而仍能屹然獨立特行的，才是真正的聖者。一切的一切，甚至宗教家們現有的道德標準，也應重新估價。

道德的目的在求人性的完美，標準在止於至善。人們一旦開始認清其界限，世界戰爭與罪惡的威脅即減少一分。在這一點上，不容否認的，藝術家與宗教家們是有他們不爭的貢獻的。他們之所以成為人們的模範，是因為他們是不完全的人羣中比較最完全的一羣。而所謂完全，並不是完滿無缺，而是不折不撓地，再接再厲地，向着比較完滿的前途邁進的意思。他們幫助別人認清界限，但，如何在此界限內孜孜不息的爭取上進，是每個生命自己的責任。也只有這些生命自己，才能告訴這個世界裡戰爭與罪惡是否再會發生。

——一九五八年四月一日，台糖雜誌二十卷十期副刊

哭——不必壓抑

在談到生活藝術中笑的重要時，我曾說應把它列為基本人權。相對的，我認為哭不但是權利，並且在某些情況下是跟開門七件事同樣重要的生活必需品。

我並非提倡大家終日以淚洗面。但一個人如果從他開始懂得這個世界以來從未哭過一次，則他如不是過的生活沒有一點意義，則定是一個不大像人的鐵石心腸者。因為是人，就有人性。而哭，是人性之一。

一般來說，哭似乎是女人的特權，與男人甚少關連。一個男人如果常常哭哭啼啼，則不成體統，自不待言；但是一個女人如在任何情形下都擠不出她一點眼淚，則較之常常多愁善感的男人更不正常，而亟需送往醫院作生理檢查，看看她的淚腺分泌系統是否失靈。不過反過來說，即使是男人，有時候就各方面來說，他還是哭一場的好。

對於國恨家仇，可以「化悲憤為力量」，踏踏實實的去做，自較之懦弱的哭泣強上千萬倍，甚至不能比擬。對於親朋好友的遭遇，一掬同情之淚固然可以，但終顯得有點婦人之仁。

但，當你自身碰上某些有關你一生的大事像婚姻、事業、生離死別等等在情緒上不能平衡的事情時，則千萬不要壓抑自己的情感：失聲一哭，別人絕無恥笑你的權利。

在人性上有「情意癥結」這一個抽象而又具體的東西。佛洛伊德之所以成為空前（恐怕也會絕後）舉世聞名的心理學家，就是他發現人類心理上這一道病源的大門，並且把它打開。哭，是一種情緒的發洩。一個人當他情緒上不平衡，如不設法使之平衡，則他會變成精神病，具體一點說，不能控制自己的神經而精神失常。而哭，則是在某一種情意發生癥結時最好的良藥，以醫治其不平衡。所以一個人如想哭，則他還是放聲一哭的好，千萬不要壓抑。在他因為難受而必需一哭時，不但他自己應「開懷暢哭」，我更反對所有任何其他人勸其停止，因為這種好意，實際上是阻止其服用平衡情緒的良藥，而使其仍然在情緒上不能平衡。而更壞的是，不能盡情的宣洩，足以導致鬱結更深的情意癥結。

所以說：哭吧。當你認為該哭的時候。

——一九五八年四月十一日，台糖雜誌二十卷十一期副刊